# Una Navidad de cuento

Carmen Amil

Título: Una Navidad de Cuento

© De los textos, 2021: Carmen Amil

© Portada: Carmen Amil y Fausto González (faustoArt)

ISBN: 9798780586760

1ª Edición

*«Nada en el mundo resulta más contagioso que la risa y el buen humor».*

Charles Dickens – Cuento de Navidad

# Capítulo 1

–…Y hasta aquí mi recorrido por la playa de San Lorenzo. Espero que hayáis disfrutado tanto como yo de esta escapada y recordad: si os ha gustado el vídeo de esta semana, dejadme un *like*, un comentario o suscribíos a mi canal *Viajeros del Amor*. ¡Me haréis muy feliz!

Estiro el brazo para apagar la cámara que uso para grabarme, el micrófono de mesa y el aro de luz que me ilumina la cara. Suspiro. No me hace falta volver a ver el vídeo para saber que es una bazofia. ¿A quién le va a interesar un vídeo de casi diez minutos de una *youtuber* recorriendo la playa de su ciudad… en invierno? ¿Y las conclusiones grabadas desde su piso de cuarenta metros cuadrados en las afueras?

Pues a nadie. Esa es la verdad.

Bueno, la verdad, y lo que dicen las estadísticas de mis últimos vídeos. Las visualizaciones han caído en picado, ya acumulo demasiados comentarios negativos, he perdido *followers*, y las colaboraciones llegan con cuentagotas. La "culpa" es mía. Mantener el ritmo semanal de publicaciones en un canal sobre viajes es difícil. Tenía una buena provisión de material de los tiempos en los que viajar era para mí sólo un hobby, un montón de vídeos de escapadas con mi novio que había ido aprovechando, un calendario para el resto del tiempo con consejos y *tips*, vídeos promocionales… en fin, bastante material aprovechable, que me permitiría ir publicando mientras seguía viajando y grabando más.

Salvo que llegara una pandemia mundial y paralizara mi actividad durante casi seis meses.

No consideré bajar el ritmo ni dejar de publicar porque era mi única fuente de ingresos y además me servía para evadirme, así que casi agoté las reservas. Desde ese momento, he vivido al límite. Perdí la cuenta de cuántas veces he hablado sobre el siguiente viaje que iba a hacer cuando abrieran las fronteras. Lo conté todo de mil maneras distintas. Me pasé el invierno desplazándome a todos los pueblos que tenía cerca para enseñar mercadillos navideños. Subí con el trineo a la nieve. Una marca de gafas de sol me pagó una estancia y transporte para Semana Santa, pero yo había perdido frescura, y se notaba que quería tener contentos a mis patrocinadores. Ahí comenzaron los comentarios negativos, porque la gente empezó a desconfiar de mi criterio y mis consejos. No conseguí patrocinador para el verano. Mi novio me dejó porque "yo no era la misma" y dado que me habían bajado tanto los ingresos, me tuve que ir de la casa que compartíamos y mudarme a un sitio con un alquiler donde pudiera permitirme.

Y por eso he acabado en este cochambroso piso.

Este cochambroso piso donde tengo instalado el escritorio frente al cual estoy sentada. Estoy acabada. Lo sé. O resucito mi canal, o ya puedo despedirme de este mundo feliz de viajar y grabar que me he montado. Me escapo a la cocina a *des–deprimirme* con lo que más me relaja en el mundo: la repostería. Mientras precaliento el horno para los *canelés* que tengo intención de hacer y espero que la leche con vainilla empiece a hervir, saco el móvil del bolsillo del pantalón.

Mi mejor amiga contesta, como siempre, al sexto tono. Siempre va a tope con el trabajo por estas fechas.

—¡Hola, Blanca!

—Tu energía me molesta —gruño.

—¿Y para qué llamas entonces?

—Para que te quejes conmigo de lo puñetera que es la vida.

—Es que yo soy feliz.

—*Isquiyisiifiliz.*

—Vale. Qué te pasa.

—Estoy muerta.

—Ah, genial. ¿Y ya os dejan llamar por teléfono desde el más allá?

—Oye, Eli, ¿se puede saber por qué estás de tan buen humor hoy?

—¡Porque faltan diez días para Navidad y…!

Cuelgo el teléfono.

Cuarenta segundos después, me vibra en la mano. Descuelgo y me lo acerco a la oreja, pero no digo nada.

—Es de muy mala educación colgar así, ¿sabes?

—¿Sabes qué más es de muy mala educación? Regodearte en la felicidad mientras otras estamos en la miseria.

—¡Pero si sólo te he dicho que faltan diez días para Navidad!

—Ya, ya, te oí la primera vez —gruño—. Y el año pasado. Y el anterior…

—Cuando nos conocimos no te molestaba tanto que celebrara las fiestas.

—Cuando nos conocimos yo había ido a pasar un finde romántico a tu puñetera casa de Papá Noel, en tu pueblo idílico. Y ya ves, este año ni finde romántico, ni novio, ni nada.

—Que te haya dejado el novio no implica que tengas que perder el espíritu navideño.

—Pues no, pero es que yo nunca he tenido mucho.

—Yo una vez fui como tú…

Echo en el robot de cocina la leche, huevos

y demás.

—Si me vuelves a contar otra vez la historia de cómo Jaime te ayudó a recuperar el espíritu navideño, me tiro por el balcón.

Eli tiene una casa rural en un pueblo en las montañas. Se fue escapando del mal de amores y de una profunda decepción con la navidad y… bueno, pues se ve que el amor la ha convertido en la señora Claus. En fin.

—Pues sí que estás hoy de mal humor —dice—. A ver, cuéntame qué ha pasado.

—Ya te lo he dicho. Estoy muerta.

—¿Literal o figuradamente?

—Mediáticamente.

Le hago un resumen rápido de cómo me van las cosas. Ella, al otro lado del teléfono, permanece en silencio. Al final, le pido su opinión sincera.

—Bueno, la solución parece obvia, ¿no? Viaja.

—No tengo mucho presupuesto. —Hago una pausa porque, de pronto, se me viene una idea a la cabeza—. ¿Y si me voy un par de días a tu casa? Puedo hacer un vídeo especial de Navidad.

—Uy, qué va. Imposible, reina. Tengo el

cartel de completo colgado desde hace mes y medio.

—Odio tu éxito laboral —gruño.

—Pero se me ocurre que tengo un conocido que quizás pueda hacerte precio

—Perfecto. ¿Está también en ese pueblo que parece la aldea de la Navidad?

—Mmmm. No exactamente. Bueno, le llamo, le pregunto y te digo algo.

Sin darme tiempo a responder, ahora es ella la que cuelga el teléfono sin despedirse. Se me hace un poco raro irme así, en estas fechas. No porque no me guste viajar sola, sino porque siempre que he hecho escapadas navideñas ha sido con Jorge, mi ex, y no puedo dejar de verlas como algo romántico que ahora voy a hacer… pues eso. Sola. Pero, bueno, si he sido capaz de irme así a Costa Rica con una mochila al hombro, digo yo que seré capaz de irme a algún pueblito de las montañas asturianas a recuperar el amor por mí misma.

Veinte minutos más tarde, cuando los *canelés* ya están en el horno y mi minúsculo piso huele a cafetería francesa, Eli vuelve a llamarme.

—Has tenido una suerte del copón —me dice—. Tiene hueco para mañana mismo. Te paso las señas por *whatsapp*.

Me callo que no me da buen rollo que a estas alturas del año un hotel tenga habitaciones para un viernes por la noche, le doy las gracias y me despido. Poco después me pasa la dirección y me cago en toda su familia, niños incluidos. Pero, para cuando la llamo para ponerla a caldo, tiene el móvil apagado.

Menuda encerrona me ha hecho.

# Capítulo 2

Ocho horas llevo de viaje en el transporte público del infierno. Ocho. Cuatrocientos ochenta minutos. Veintiocho mil ochocientos segundos de autobús, metro y caminar con un frío que me ha congelado las orejas. Y durante todo este tiempo, lo único en lo que he podido pensar es en qué demonios hago yendo de cabeza a mi infierno personal.

Eli, claro, no me coge el teléfono, a sabiendas de que la voy a poner a caldo. El dueño de la casa rural tampoco tiene la culpa de que mi amiga sea lo peor. Yo necesito material urgente para mi canal. Y, bueno, en algún momento tengo que enfrentarme a los restos de la vida que una

vez quise quemar hasta los cimientos, así que...
¿Por qué no empezar ahora?

El autobús se detiene en la plaza del pueblo.
Me bajo, cojo la maleta y miro a mi alrededor. No
hay ni un alma por la calle. Como siempre. Ni luces
de navidad, ni árboles, ni mercadillos, ni belenes, ni
nada que pueda hacer feliz a ningún visitante a
nueve días que faltan para que sea navidad. A la
alcaldesa no le gusta. Ni la navidad, ni los turistas.
Es una mujer huraña y extraña.

Bien lo sé yo, que soy su hija.

Y se ve que los vecinos no están muy
descontentos con sus decisiones, porque lleva
"gobernando" en este rincón del mundo desde
hace como veinte años, y sigue ganando unas
elecciones detrás de otras, supongo que por sus
presupuestos súper ajustados que permiten
mantener las calles perfectamente empedradas y
limpias, actividades para los ancianos y colegios
públicos de primer nivel. Pero, claro, para los niños
y jóvenes, esto siempre ha sido un agujero
aburridísimo, y muchos hemos acabado huyendo a
algún sitio donde la felicidad, al menos, exista. Eso
es lo que ocurrió con mi reducido grupo de amigos

de la infancia. Y con Jorge, mi ex. Sólo que él se vino conmigo… para acabar como el rosario de la aurora.

Para ser justos, a mi madre tampoco le gustan las fiestas de verano y en mi casa ni siquiera se celebraban los cumpleaños, así que creo que es algo intrínseco al carácter de esta señora estirada, snob y…

Me muerdo la lengua y pienso un momento si debería pasar a saludarla. No me apetece, en absoluto, pero si no lo hago y se entera de que he estado aquí me esperan meses de llamadas llenas de rencor y reproches.

Mañana. Iré mañana. Hoy estoy demasiado cansada para enfrentarme a ella.

Arrastro la maleta por las calles empedradas del pueblo. Ya es de noche cerrada y las farolas apenas iluminan nada. Está oscuro, la maleta se me engancha en los adoquines, las zapatillas de deporte que suelo llevar están empezando a mojarse por la humedad y hace un frío que se me hielan hasta las ideas. Subo la cuesta de la calle principal y allí, justo al final, está la casa rural del amigo de Eli. Ojalá esté muy bueno. Ojalá me abra la puerta el puñetero Jason Momoa vestido de Khal Drogo, marcando pectorales y dispuesto a hacerme el amor sobre el suelo de madera calentado por el calor de la chimenea encendida. Al menos así me habrá compensado el viaje.

No es eso lo que ocurre, obviamente, porque mi vida no es una serie de HBO. En lugar de Jason Momoa, me abre la puerta una señora de unos setenta años, bien abrigada, con el pelo blanco muy corto. Echo un vistazo dentro y me sigo deprimiendo: Allí tampoco hay ni rastro de luces de colores, sólo paredes de piedra desnudas, escaleras de madera a juego con el mostrador de recepción, que debe tener cerca de doscientos cincuenta años y está lleno de agujeros de polilla.

–Buenas noches –me saluda la señora, colocándose detrás del mostrador–. ¿Te puedo ayudar?

Me dan muchas ganas de preguntarle si el hecho de que la alcaldesa –o sea, mi madre– sea el Grinch implica que nadie en este pueblo celebre la Navidad, pero como parece una señora seria lo único que hago es arrastrar la maleta hasta ella y presentarme.

–Soy Blanca López. Tengo una reserva. Creo que llamó ayer mi amiga Eli, que…

–Habitación catorce –me interrumpe, tendiéndome una llave.

La alegría de la fiesta esta señora, el pueblo y, por lo que se ve, mi propia existencia. En fin.

–Gracias.

–Escaleras. Primer piso, a mano derecha.

Asiento, vuelvo a dar las gracias y subo, con la maleta a cuestas. Es poco más que un modelo de cabina, pero entre las botas de montaña, la cámara, trípode, aro de luz y demás trastos que llevo dentro, pesa lo suyo. Para cuando llego al primer piso me duelen los brazos.

La habitación, como el resto de la casa, es bonita, pero no invita a quedarse. Las paredes también son de piedra vista, color gris. La cama tiene un cabecero de madera que se parece sospechosamente al mostrador de abajo y una colcha –¡una colcha!– horrible en color granate. Hay poco más: Un armario, también de madera y del año que reinó Carolo, dos mesitas de noche con dos lámparas de pantalla color filtro de Valencia (sin más enchufes para poder cargar el móvil), una silla en la que prefiero no sentarme, junto a una mesa, y un radiador que, a todas luces, es insuficiente para calentar este iglú. Me asomo al baño. Al menos tiene bañera, pero los *ammonities* a los que me tienen acostumbrada los hoteles en los que me suelo alojar por colaboraciones brillan por su ausencia. Por suerte, sólo voy a quedarme tres días. El lunes me vuelvo a mi cochambroso piso de Gijón. Creo que, como acto rebelde en contra de este pueblo, este año sí que instalaré el árbol de Navidad en el salón, aunque sospecho que tendrá que ser tamaño bonsái, porque otra cosa no me cabe. Y, después, celebraré las navidades como suelo hacerlo año tras año: yendo a fiestas con otros *youtubers* y gente del mundillo, cenando en mis sitios favoritos y tomando las uvas con los amigos en la plaza del ayuntamiento.

Tres días. Tres días en los que pienso quedarme aquí por cabezonería, por hacer feliz a Eli y para hacer un buen vídeo, sarcástico, con toques de humor para mi canal. El resto del tiempo puedo aprovecharlo para descansar.

Coloco mis cosas a duras penas en el armario. Me pongo una sudadera encima del jersey y me acerco al radiador para comprobar que está encendido. Lo está, pero es demasiado pequeño para este espacio. Vale, van a ser tres días muy largos. Me acerco al teléfono antediluviano que hay sobre una de las mesillas de noche, veo que hay una pegatina sobre el número ocho que pone "recepción", descuelgo y lo pulso. La señora de abajo no tarda en cogerlo.

—Buenas noches, Blanca.

—Oh. Hola.

¿Cómo sabe que soy yo? ¿Tendrá identificador de llamadas? ¿Estoy sola en este hotel, como los de El Resplandor? ¿Aparecerán dos gemelas grimosas por el hueco de la escalera cuando baje a desayunar?

—¿Te puedo ayudar?

—Hum, sí. ¿Se podría poner más alta la calefacción? Es que hace frío en la habitación y…

—Hay mantas en el altillo del armario.

No espera contestación y me cuelga. Yo me cabreo pero, en lugar de llamarla otra vez, saco el móvil del bolsillo y llamo a Eli por decimocuarta vez hoy. En esta ocasión sí que me lo coge.

—¿Has llegado bien?

—Me cago en tu estampa.

—¿Eso es que sí?

—Sí, Eli, he llegado bien al iglú del polo norte donde me has reservado habitación.

—Bueno, mujer, es que a estas alturas, el fin de semana antes de Navidad… no había muchos sitios con habitaciones disponibles entre mis conocidos, ¿sabes?

—Pues también es casualidad que el único sitio donde sí que hay sea en mi pueblo, ¿no?

—Será el destino.

—¡Eli!

—¡Blanca!

Bufo y me revuelvo el pelo. Que dios me dé paciencia, porque como me dé fuerza…

—Esto no te lo perdono —digo.

—Disfruta del descanso, boba. Y vete a ver a tu madre. ¿Cuánto hace que no celebráis una navidad juntas?

—Hum… ¿Nunca?

—Pues ya va siendo hora de cambiar eso. Te dejo, que hay clientes.

Me cuelga sin darme oportunidad de protestar. Qué manía tiene todo el mundo con colgarme el teléfono.

En fin, toca aprovechar lo que pueda. Saco del armario la cámara. La coloco sobre el trípode pequeño, junto al aro de luz, en una de las mesitas y selecciono el modo vídeo.

–Bueno, queridos *Viajeros del Amor*, hoy empiezo una nueva aventura…

# Capítulo 3

He dormido mal. Muy mal. Resulta que el colchón, como todo en esta casa, ha visto tiempos mejores. Es de muelles. DE MUELLES. Pero qué hotel, casa rural o lo que sea esto sigue teniendo en pleno sigo XXI un colchón de muelles, vamos a ver. ¿A este pueblo no ha llegado el viscolástico? Y eso sólo es la punta del iceberg, porque la almohada era tan baja que hoy tengo una contractura horrible, hacía tanto frío que tuve que poner dos mantas encima de la colcha más fea del mundo y, como sabe dios cuánto tiempo llevan ahí, me provocaron una serie de estornudos que me tuvieron en vela hasta las dos de la mañana.

En resumen, que estoy de un humor de perros. Y llueve. Y aún no ha salido el sol.

Me pongo los vaqueros, una camiseta de manga corta, otra de manga larga, sudadera, bufanda, gorro, calcetines de invierno y las botas de montaña. Me cuelgo el bolso de un hombro, la cámara al cuello y salgo de la habitación, dispuesta a tragarme el mal humor con un par de litros de café, zumo y una tostada. Pero, cuando llego al comedor, se me cae el alma a los pies. Bueno, a lo mejor llamarlo "comedor" es ser demasiado generosa. Es más bien una habitación grande, con cuatro mesas (que, casi seguro, han sido fabricadas con más madera de la que les sobró cuando hicieron el mostrador), sobre las que reposa un mantel de papel blanco. Odio los manteles de papel con toda mi alma. Es superior a mis fuerzas. También hay, en cada mesa, un par de tazas, platos y cubiertos. Al fondo, otra mesa, alargada, sobre la que veo algo que parece un termo, bollería industrial envuelta en plástico… y nada más. Por un momento, recuerdo los bizcochos artesanos de mi amiga Eli y me invade la nostalgia. La nostalgia… y un odio insano por no hacerme un hueco en su casa y mandarme a *Grinchlandia*.

Suspiro y vuelvo escaleras arriba hasta la recepción. La mujer sigue ahí. Me pregunto si duerme. Igual es una vampiresa que no ve la luz del sol.

—Buenos días…

Hago una pausa, esperando a que me diga su nombre, porque si voy a estar aquí tres días y, además, no hay más huéspedes, pues me gustaría tener una cierta familiaridad con ella.

—Dime.

Vaya, pues no hay suerte.

—Verá… Señora, es que yo tengo por costumbre desayunar pan integral con un chorrito de AOVE y…

—¿AOVE? ¿Eso qué es?

—Aceite de oliva virgen extra.

—¿Y por qué no dices aceite y ya está?

«Pues porque no me da la gana, la verdad».

—El caso es que no hay pan. Ni tostadora.

—¿No te gustan las magdalenas?

—Las industriales, no mucho.

—También hay sobaos.

—También son industriales.

La mujer ladea la cabeza, como si no me entendiera o como si mi coeficiente intelectual fuera justito y ella no supiera relacionarse con personas distintas a ella. Cojo aire para armarme de paciencia.

—Entiendo que no hay pan, entonces.

—Pues no, no hay pan. Pero Ricardo, el del bar del pueblo, te las prepara encantado.

Conozco a Ricardo, porque ya llevaba el bar del pueblo antes de que yo saliera de aquí.

—Ya, pero es que se supone que tengo el desayuno incluido —le explico—. No voy a pagar dos.

—Pues como tú quieras.

—Café recién hecho tampoco hay, ¿no?

—Lo tienes en el termo.

Paso de preguntar de cuándo es ese café. Creo que tengo esta batalla perdida.

—Mire, hagamos una cosa, cancéleme el resto de desayunos y listo.

—No puedo.

—¿Por qué?

—Porque la oferta incluye el desayuno.

Me doy por vencida. Es imposible. Salgo de esta casa sin desayunar, con peor humor aún que hace un rato y asumiendo que voy a pagar el doble de desayunos de lo normal. Como no he traído paraguas, me subo la capucha de la sudadera y corro hasta el bar del pueblo, que tiene las puertas cerradas. Miro la hora. Ocho y cuarto de la mañana. Entiendo que es temprano y que ni siquiera ha salido el sol, pero siendo el único bar del pueblo, ¿no debería estar abierto para los parroquianos habituales? ¿O es que tampoco quieren gastarse dinero en tomarse un café?

Jesús, qué nerviosa me está poniendo este pueblo.

Me asomo como puedo a la ventana con rejas que da al interior del local. Oscuro como la boca del lobo.

—Está cerrado.

Doy un saltito. Esa voz grave, casi gutural, ha venido de mis espaldas y me ha pegado un buen susto. Me giro y me encuentro con un hombre que reconozco, de edad indefinida, pero que, casi seguro, podría ser mi padre. Si es que ya digo que en este pueblo mucha juventud no hay.

Le sonrío.

–Hola, Ricardo.

–¿Blanca? Pensé que no te vería por aquí en fiestas.

–Ya. Bueno. ¿Vas a abrir?

–Hasta las ocho y media, no.

Miro el reloj. Son las ocho y veintitrés.

–¿Y no podrías abrir cinco minutitos antes?

–No. Que luego se me malacostumbran los clientes.

Miro alrededor. No hay nadie.

–¿Y dejarme pasar? Si es que yo sólo quiero un café.

Creo que estoy suplicando y debo dar bastante lástima aquí, plantada bajo la lluvia y clamando por café, porque al final el hombre suspira, abre la puerta del bar, cierra el paraguas y entra, dejando que le siga.

–Cierra. Todavía tengo que preparar las mesas y demás.

Obedezco y me acomodo en un taburete de la barra, para no molestar. Ricardo no me pregunta cómo quiero el café, pero me prepara una taza grande y humeante, con leche y espuma. Justo como me gusta. Pasa una bayeta por la barra, baja las sillas de encima de las mesas y abre el bar. Miro el reloj. Las ocho y media en punto. Me pregunto si todo el mundo en este pueblo es igual de cuadriculado, porque entre el desayuno frustrado y esto…

Ricardo vuelve tras la barra.

–¿Quieres comer algo?

–Si tienes tostadas con aceite, me caso contigo.

Se pone colorado, pero no se ríe.

–Eres un poco joven para mí, pero te las puedo poner igual.

El hombre se mete en una puerta tras la barra –que deduzco que será la cocina– y yo me quedo dándole sorbitos a mi café. Hago un par de fotos, por si me son útiles para el vídeo que voy a hacer sobre este fin de semana. Como no puede ser de otra forma, quedan oscuras.

La puerta se abre cuando estoy anotando el nombre del bar, y una voz que me resulta vagamente familiar llena el local.

–¡Ricardo! ¡Ponme lo mío!

Miro al chico que ha entrado gritando. El

caso es que él, como su voz, me suena, pero no caigo en quién es. Me devano los sesos mientras él me observa como si hubiera visto un alien en medio de su territorio.

–¿Te conozco? –pregunto.

–Pues no lo sé.

–Soy Blanca.

–Me alegro.

Se sienta en una de las mesas y se dedica a mirar el móvil.

–Perdona que insista –le digo, sin moverme del taburete, pero girándome hacia él–. Es que de verdad que me suena un montón tu cara.

–Tengo unos rasgos muy comunes.

–¿Se puede saber por qué en este pueblo sois todos tan bordes?

No me mira, no me contesta, y se limita a encogerse de hombros mientras desliza el dedo por la pantalla del móvil. Yo bufo, dispuesta a soltar algo más, pero la puerta de la cocina se abre y aparece Ricardo con mis tostadas que, por cierto, tienen una pinta increíble.

–Hombre, Ángel, no te he oído llegar. ¿Lo de siempre?

¿Ángel? ¿Ha dicho Ángel?

–Joder, Ricardo.

Me giro de nuevo hacia el chico. Tengo el ceño tan fruncido que hasta me duele. Él ha apoyado la frente en la mesa. El dueño del bar nos mira a uno y otro.

–Yo… voy a prepararte lo tuyo.

Mientras Ricardo huye a esconderse en la cocina, yo me levanto y camino hacia la mesa, con el dedo acusador levantado.

–¡Tú!

–Blanca, por favor, que ya tenemos una edad.

–¡Me hiciste *ghosting*!

–¿Ghost…qué?

–¡Que me dejaste de hablar sin venir a cuento!

–¡Tú me plantaste en nuestra segunda cita!

Bueno, vale, es cierto. Le planté. Pero es que teníamos dieciséis años, llovía, no me apetecía mucho quedar y, cuando Sole, la que era mi mejor amiga, me propuso ir a su casa a ver una peli y comer palomitas… pues yo qué sé, me pareció mejor plan que ir a pasear bajo el diluvio universal.

Da igual, no pienso dar mi brazo a torcer.

–Podíamos haber quedado otro día… ¡si tú no me hubieras hecho *ghosting*!

–Y dale perico al torno con el *gasling*, ¡pero si al mes tenías otro novio! ¿Cómo se llamaba? ¿Javi?

–¡Jorge! Y, hombre, no pretenderías que me quedara de luto por ti…

Sí que estuve de luto, en realidad, pero eso no se lo conté a nadie. Cuando Ángel dejó de contestar a mis mensajes, me reboté mucho. Entendía que estuviera enfadado, pero a mí me había dado en lo más profundo de mi orgullo. Así que empecé a tontear con Jorge, que llevaba un tiempo detrás de mí. Igual no fue la reacción más madura del mundo, pero ¿quién es maduro a los dieciséis? Yo tenía un cabreo permanente, la dignidad arrastrada por el suelo después de tropecientos mensajes sin respuesta y a un chico guapo detrás de mí. Blanco y en botella. Me aseguré de que Ángel fuera testigo de todo, lo que en un pueblo pequeño como aquel era bastante sencillo, y empecé a salir con el que ahora es mi ex.

Claro que yo no contaba con que se me fuera de las manos, ni con enamorarme de Jorge, ni con que me plantara varios años después porque ya no estuviera contento con mi fuente de ingresos.

Ricardo sale de la cocina con un trozo de tortilla que debe ser, más o menos, del tamaño de mi cabeza.

—Os oigo gritar desde ahí dentro. Seguís igual que hace quince años y ya en aquel entonces nos teníais a todos hartos. Tú —me señala—, a tu taburete, que se te enfría el café. Y tú, a tu tortilla de todos los días.

Obedezco, enfurruñada, porque tiene razón: Una vez que empecé con Jorge, Ángel y yo volvimos a dirigirnos la palabra, pero sólo para lanzarnos acusaciones.

Después de que Ricardo nos ponga en nuestro sitio, nos tiramos media hora lanzándonos miradas de odio porque la adolescencia se pasa, pero, a veces, no acaba de superarse.

# Capítulo 4

Dado que el mal humor no sólo no ha mejorado, sino que ha ido a peor tras el "reencuentro" con Ángel, decido que es buen momento para recorrer las calles del pueblo, grabarme y contar dónde estoy y por qué este sitio es *taaaan* especial para mí. Sí, a veces soy hipócrita, es lo que hay. Y, aunque a veces el salseo vende más que los vídeos buenrolleros, no me gusta exponer en exceso mi vida íntima. Así que, durante buena parte de la mañana, me dedico a hablar de mi infancia (sin mencionar a mi madre), de mis amigos (sin mencionar a Ángel), de aquellas calles empedradas con encanto (sin mencionar que nunca se ha celebrado nada) y, en definitiva… a decorar un poco la realidad.

Pero ya estoy cansada, es la una de la tarde del sábado previo a Navidad, y me merezco un buen vermú. Con aceituna. Como ya me he pateado el pueblo sé de sobra que no tengo sitio a donde ir que no sea el bar de Ricardo, así que no me lo pienso mucho antes de ponerme en camino. Espero no encontrarme con más conocidos desagradables, pero, bueno, es inevitable y lo sé. Creo que debería empezar a tomarme este finde como mi redención personal hacia este rincón del mundo.

El bar, sorprendentemente, está medio vacío. Siempre he creído que este pueblo va al revés del mundo, pero pensaba que los recuerdos me habían jugado una mala pasada. Veo que no es así. Me acomodo en una de las mesas, le pido a Ricardo un vermú y me pongo a revisar en la pantalla de la cámara lo que he grabado hoy. No es ninguna maravilla, pero si le pongo un poco de música nostálgica, un poco de tono sepia…

–¿Blanca?

Levanto la mirada y pego un gritito.

–¡Sole!

La que un día fue mi mejor amiga se agacha para abrazarme. Sin preguntarme, se sienta en una silla a mi lado.

–¿Qué te trae por aquí? –pregunta.

–Es largo de contar.

–¡Ricardo! Ponme a mí también un vermú, pero el mío de solera –sonríe y me palmea la mano por encima de la mesa–. Bueno, cuéntame, que no tengo nada mejor que hacer.

–¿No has quedado con nadie?

–Uy, no, quita, quita. Tengo vacaciones en el trabajo, he llegado esta mañana y necesito un respiro de la familia. Ya los conoces.

Me acuerdo bien de ellos. Mi madre era una estirada, pero en su familia se han pasado de frenada a la hora de celebrar.

Ricardo le trae su bebida, ella da un sorbo, asiente y se acomoda.

–¿Llevas mucho aquí? –me pregunta.

–No, qué va. Llegué anoche.

–¿Y estás en casa de tu madre? No me extraña que te hayas dado al alcohol.

Me río y, durante un segundo, me pregunto

por qué nos hemos distanciado. Con ella no fue como con Ángel, simplemente Sole siguió su camino, yo el mío, y no supimos mantenernos una al lado de la otra. Quizás habría sido diferente de haber venido yo más por aquí, pero… a lo hecho pecho, qué le vamos a hacer.

—Qué va. Estoy de casa rural.

Le explico dónde y el tema del desayuno y del colchón y ella no puede parar de reír.

—Anda, vente mañana a desayunar a casa, que yo te preparo tus tostaditas de ciudad. Uy, perdón. No me acordaba de que mi hermano y tú no podéis estar en la misma habitación.

Sí, Sole es la hermana pequeña de Ángel. Es que en un pueblo pequeño no hay mucho donde escoger.

—Nos hemos visto esta mañana.

—Algo he oído.

—¿De su boca o de la de Ricardo?

—De los dos, la verdad. Se ve que os habéis quedado a gusto.

—No te creas.

Hacemos una pausa para beber. Se hace un silencio un poco incómodo. Podríamos preguntarnos trivialidades, como por ejemplo, a qué nos dedicamos, pero en la era de Facebook yo ya sé que ella estudió Magisterio de Educación Infantil y que trabaja dando sustituciones en algunos jardines de infancia de Valencia. Supongo, dado lo mucho que le gustaban los niños, que está cumpliendo con un sueño. También estoy bastante segura de que sabe que yo estudié Comunicación Audiovisual y de que habrá visto las decenas de miles de seguidores de mis redes sociales.

Así que, en lugar de eso, Sole va directa al grano.

—¿Vas a ir a verla? A tu madre, digo.

—Debería, pero…

Niego con la cabeza. La realidad es que no es sólo que no me apetezca; es que le tengo mucho rencor y por eso he aplazado la decisión. Siento que por su culpa me he perdido todas las celebraciones que merecían la pena y no sólo eso, sino que creo que ha conseguido ella sola cargarse la alegría de todo el pueblo.

—Puedo acompañarte —se ofrece.

—¿De verdad? ¿Lo harías?

—Claro. —Sole da un trago a su bebida—. Nos

tomamos otro vermú así, del tirón, y nos vamos a su casa. Será más llevadero.

Dicho y hecho, nos acabamos el que tenemos a medias de un par de tragos, le pedimos otro a Ricardo, que nos mira como si fuéramos a robarle la caja del bar, nos lo bebemos en cinco minutos y, con el subidón del alcohol, salimos hacia la casa de la alcaldesa.

Mi amiga, de camino, me explica que mi madre sigue viviendo en el mismo sitio de siempre. Es un piso grande –inmenso, diría yo, si vives sola… o con tu hija adolescente–, que está en un edificio de la plaza mayor, junto al ayuntamiento. Me armo de valor antes de llamar al timbre del portal. Sole me aprieta un poco el hombro.

–Dale, que tu madre tendrá muchas cosas, pero estoy segura de que no muerde.

Obedezco, pulso el botón y espero. En el fondo de mi ser espero que no esté en casa. Igual hoy, por primera vez en su vida, le ha dado por salir a comer con sus amigos imaginarios a algún sitio lejos del pueblo. Pero no tengo suerte.

–¿Sí?

Me quedo muda. No es que haya cambiado

de opinión, es que de pronto soy la puñetera Sirenita y he perdido la voz. Miro a Sole con desesperación y ella no duda en hacerse con el control. Se acerca al interfono y es ella quien responde.

—¿Inés? Soy Sole.

—¿Sole? Ah. ¿Quieres algo?

—¿Puedes abrirme, por favor? Me gustaría hablar contigo.

Ella duda. Creo que hasta la oigo murmurar por lo bajo, pero seguramente no encuentre una excusa válida para no dejar subir a mi amiga, así que al final abre la puerta, nosotras entramos y subimos al tercer piso en ascensor, en absoluto silencio.

Mi madre nos abre la puerta. Está tal y como la recordaba en este marco: Perfectamente arreglada, son un traje pantalón negro, una blusa blanca y el pelo recogido en una coleta rubia y tirante. Siempre he pensado que tiene que acabar el día con un dolor de cabeza considerable. Yo he heredado su color rubio natural y su pelo lacio, pero, en un acto de rebeldía, hace años que me lo corté a lo *bob*, mucho más largo por delante que por detrás, y lo llevo teñido de un rosa pálido que me cuesta la vida mantener y que me hace odiar ir de compras porque tengo que comprobar que todo pegue con mi color de pelo.

Si se sorprende de que esté aquí, tampoco lo demuestra, pero no me extraña. Nunca ha sido de aspavientos. Por si le salen arrugas, supongo.

—Blanca.

—Madre.

Sí. Es una de esas señoras que obligan a sus hijas a llamarla "madre". Lo sé. Lo tiene todo.

—Pasad, por favor.

Se hace a un lado y hace un gesto con la mano para invitarnos a pasar. El piso está tal y como lo recuerdo, con muebles de madera oscura, pero sin decoración. No hay cuadros, no hay fotos, figuritas o puñeteros *souvenirs*. Ni qué decir tiene que no hay ni rastro de nada relacionado con la Navidad. En eso, hay que reconocer que siempre ha sido acorde a sus designios como alcaldesa: Sin decoración en casa, ni en las calles del pueblo. Suspiro.

—¿Queréis un vaso de agua?

—¿Ofrecernos otra cosa implicaría que nos

quedemos más tiempo del que te gustaría?

–Blanca, por favor. Esos modales.

–Soy una mujer adulta.

–Eso no implica que tengas que perder la buena educación que te inculqué.

–Bueeeeno –interrumpe Sole, visiblemente incómoda–. ¡Otra vez la familia reunida! ¿No estás contenta, Inés?

–Siempre es agradable que tu hija venga a verte, claro.

–Y más en Navidad, ¿verdad?

Mi madre inclina la cabeza, como si no entendiera lo que está diciendo. No me sorprendería que así fuera. Nos indica que pasemos al salón y nos dice que nos acomodemos mientras va a buscar nuestros vasos de agua. Sole se sienta y apoya la cabeza contra el respaldo del sofá.

–Tengo que reconocer que siempre me sorprende cómo es tu madre. O sea, siempre creo que exageras, luego vengo y sigo alucinando.

–Pero si has estado muchísimas veces en esta casa.

–Ya, chica, pero es que ni una mísera

sonrisa al ver a su hija volver a casa por navidad…

–Navidad, dice. Lo mismo le da que venga hoy, a que venga un catorce de marzo. Si es que no me creéis, pero que no distingue. Para ella, lo único que diferencia esta época de cualquier otra, es que hace más frío.

–Es que ni una mísera bola… un abeto chiquitito, yo qué sé. Algo.

Cuando conocí a mi amiga Eli, la dueña de la casa rural que parece la aldea de Papá Noel, me sentí unida a ella muy pronto, porque me recordaba a Sole. Sólo que está última creció con el espíritu navideño inundándole las venas. En su casa, a pesar de que en las calles todo estuviera oscuro, lo llenaban todo de luces, colocaban dos árboles, uno pequeño en la entrada y otro que rozaba el techo del salón. Del marco de la puerta colgaba el muérdago y siempre olía a galletas recién hechas. Solían hacer una cena de navidad en la que invitaban a sus amigos del pueblo y a la que yo iba año tras año, incluso cuando Ángel y yo no nos dirigíamos la palabra más que para lanzarnos pullas.

Sacudo la cabeza para librarme de los

recuerdos y la nostalgia. Como he debido estar varios segundos en la inopia y mi madre todavía no ha vuelto, Sole chasquea los dedos delante de mi cara.

—¡Vuelve!

—Perdona. La verdad es que estaba pensando en la cena de Navidad de tu familia. Siempre ha sido un poco un sustitutivo de la cena de Nochebuena de la mía.

Porque, en mi casa, la cena de Nochebuena era… una cena más. A las nueve en punto. Lo que tocara según el día de la semana que mi madre hubiera planificado. Y, la mañana de Navidad era… pues también, una mañana más en la que desayunar café y tostadas integrales con queso *light* mientras mi madre leía el periódico.

—Será hoy —dice Sole, interrumpiendo de nuevo mis pensamientos.

—¿El qué?

—Madre mía, Blanca, estás en la inopia. ¿El qué va a ser? ¡La cena de Navidad de mi familia!

—¿Ya? ¿Tan pronto?

—Bueno, pronto tampoco es, que ya estamos a dieciséis de diciembre.

—Es que como siempre la hacíais el veintitrés…

—Ya, pero desde que mi hermano y yo nos fuimos, mis padres la hacen cuando estamos los dos en casa. Otras veces, por nuestros trabajos, ha tocado hacerla casi en Nochevieja, pero este año hemos tenido que adelantarla, porque Ángel se va el día veintidós por la tarde. Salvo, como él dice, que le toque el gordo. Y, en fin, como hoy es sábado, pues han pensado que podría venir más gente. Yo qué sé.

—Bueno, pues estupendo.

Oímos los pasos de mi madre por el pasillo. Cojo aire. Paciencia.

—Oye —susurra Sole, justo antes de que mi madre entre en el salón—. ¿Por qué no te vienes a la cena?

—No creo que…

—Estoy segura de que Ángel y tú seréis capaces de compartir espacio sin tiraros nada a la cabeza ni matar a nadie con la onda expansiva de vuestro rencor. Podemos sentaros a uno en cada extremo, como cuando éramos jóvenes. Y a mí me haría muchísima ilusión que mi mejor amiga de la infancia vuelva a venir a nuestra cena. Porfa.

—¿Porfa? —sonrío, sin poder evitarlo.

—Porfa.

—Vale.

—A las nueve.

—No se habla entre susurros en casa de las personas —dice mi madre al entrar en el salón—. Es de mala educación.

Suspiro y cojo el vaso de agua con una rodaja de limón que me tiende. Lo que yo digo. Paciencia.

# Capítulo 5

Sole y yo nos quedamos en casa de mi madre el tiempo suficiente como para recordar por qué yo no quiero volver ni un festivo. Ella ha tenido reproches para regalarme, claro: Que no la visito, que la acuso de *snob* cuando yo también tengo lo mío… Y Sole se rio y tuvo que darle la razón, porque ¿a quién se le ocurre pedir tostadas con AOVE en este pueblo? ¿Y protestar por los muelles de un colchón? Cuando se lo contó a mi madre, ella me lanzó una mirada acusatoria en la que se podía leer "¿ves? Si es que en el fondo eres hija mía", yo me bebí de un trago el agua con limón, que me quitó de golpe y porrazo el colocón que llevaba por los dos vermús, y hui con el rabo entre las piernas a comer una ración de callos en el bar de Ricardo, como para demostrarme a mí misma que no tengo ningún problema en volver a adaptarme a la vida del pueblo. No sé si puedo o no, pero lo que sí sé es que mojé media barra del pan de la panadería del pueblo en la salsa de aquellos callos.

Después, dediqué buena parte de la tarde a echar un ojo al material que había grabado aquella mañana. Estaba mejor que el vídeo que no llegué a publicar sobre la playa de San Lorenzo, pero tampoco era ninguna maravilla. Temí, por un momento, haber perdido la chispa. Tuve miedo de que en mi cabeza ya no hubiera historias que contar. Porque lo cierto es esto: que nada de lo que grabo últimamente tiene esa gracia, yo ya no hablo a cámara con naturalidad, he perdido mi magia. No sé si ocurrió cuando Jorge me dejó, aunque intuyo que no tiene nada que ver con él, sino con recuperar la ilusión por mi trabajo, por los viajes o no sé. Siento que, dentro de mí, falta algo. O puede que no me vea trabajando en esto en el futuro. O que me haya cansado de esta profesión. Y eso debe notarse en mis trabajos.

Miro el reloj y compruebo que son las siete y media. Recuerdo que a los padres de Sole les gustaba empezar a recibir a sus invitados casi una hora antes de la hora oficial de la cena, para poder servirles una copa de vino y charlar con ellos, así que me doy una ducha, me seco el pelo para darle forma al corte y, envuelta en una toalla que, para mi desgracia, tampoco es todo lo mullida que me gustaría, me quedo temblando de frío delante del armario, intentando decidir qué ponerme. Me engaño a mí misma pensando que quiero causarles buena impresión a los padres de mi amiga. Pero es mentira. Lo que en realidad me gustaría es dejar a Ángel con la boca abierta. Por joder. Para recordarle por qué no debería haberme hecho *ghosting*. El problema es que, como he venido amargada, enfadada con Eli por hacerme la encerrona de reservarme habitación en mi pueblo y pensando que me iba a pasar el finde grabando y caminando, no me he traído mucha cosa más allá de un par de vaqueros, jerséis y las botas de montaña. Me pongo un jersey gris *oversize*, unos pantalones limpios y, aunque temo morir de frío cuando vuelva esta noche, las deportivas con las que vine de viaje, porque me niego a ponerme las botas embarradas.

Cojo la bolsa con el licor que compré de vuelta a la casa rural, para llevársela de regalo y salgo de la habitación. En la recepción, sigue la misma mujer de siempre, sólo que, para variar, está detrás de un libro.

—Hola —saludo.

—Hmpf.

¿Qué ha sido eso? ¿Un saludo? ¿Un eructo?

—Trabaja usted mucho.

—Supongo.

No me mira. Me acerco al mostrador y tamborileo con los dedos, a ver si logro llamar su atención. Al final, la mujer, a regañadientes, despega la vista del libro, lo cierra con un suspiro de resignación y me mira.

—¿Te puedo ayudar en algo?

Me río, porque es la única frase que repite una y otra vez.

—No. Sólo me preguntaba cómo se llamaba.

—No creo que importe mucho.

—Encantada, señora No Creo Que Importe

Mucho. Yo soy Blanca.

—Ya lo sé.

—Bueno. Que tenga buena noche.

No la quiero forzar más, que bastante conversación he conseguido ya por hoy, así que me alejo del mostrador y ella, sin despedirse, vuelve a su libro.

No tardo mucho en llegar al portal donde vive Sole, por suerte, porque hace un frío de muerte y sopla un vientecillo que me ha helado la nariz. Llamo al timbre, espero que me abran y subo, un poco nerviosa. No sé si por la cena, por los reencuentros…

Fiel a su costumbre, el padre de mi amiga se ha vestido de Papá Noel y, en cuanto abre la puerta, sobre la que hay colgada una corona navideña que ocupa todo el ancho, oigo su característico:

—¡*Ho, ho, ho*! ¡Bienvenida a la cena de Navidad de los Vidal!

—Qué alegría verte, José Luis.

Le abrazo la barriga postiza y él, sorprendido, me devuelve el abrazo.

—Venga, pasa, que Lola ya te está

preparando una copa.

Obedezco, le tiendo la bolsa con el licor y entro. Antes de llegar a la cocina, donde me imagino que estará Lola, la madre de Sole, ultimando preparativos y mi copa de vino, paseo la vista por el recibidor. El espejo de la entrada está rodeado de luces de colores, hay un pequeño abeto hasta arriba de espumillón y bolas, muérdago sobre la puerta y un pequeño lazo sobre cada una de las fotos familiares que hay colgadas en la pared. Las miro durante un momento. Es como hacer un pequeño viaje por la historia de esta gente. Sobre el mueble del recibidor hay fotos de las graduaciones de sus hijos: Las de infantil, bachiller y universidad. Me acerco a una en la que Ángel posa, con el birrete un poco torcido y un diploma en la mano, junto a sus padres y su hermana. Intento buscar pistas en la foto que me digan qué ha estudiado o a qué se dedica, porque igual que Facebook me ha chivado la carrera de su hermana, es como si a él se lo hubiera tragado la tierra. O como si me hubiera bloqueado, que también puede ser.

—Estudié historia.

Pego un brinco por el susto que me ha dado el imbécil al acercarse por detrás. Como me ha pillado con el carrito del helado, lo único que puedo hacer es atacar.

—¿Y te va bien preparando hamburguesas?

—Hazte así, Blanca. —Hace un gesto con la mano, como si se estuviera limpiando la nariz—. Que hay un poco de clasismo en tu comentario. No me extraña, viniendo de una *influencer* como tú.

—*Youtuber.*

—No aprecio diferencia. Todos os dedicáis a lo mismo: Vender vuestra vida delante de una cámara por cuatro duros.

—Hablando de clasismo…

Su padre se aleja de la puerta, donde acaba de recibir a los siguientes invitados, para acercarse a nosotros. Nos coge a cada uno por el hombro.

—Bueno, ya está bien. Tú, a por tu copa de vino —me dice—. Y tú… vete a revisar que la mesa esté bien puesta.

—No tengo doce años, papá.

—Ahora mismo, como si los tuvieras.

Él es su hijo, pero yo no, así que agacho la cabeza, un poco avergonzada por el numerito junto a la entrada y en su presencia. Me voy a la cocina, donde me encuentro a Lola, la matriarca de la casa, colocando encima de la mesa un pavo que puede pesar más que yo. Me apoyo contra el marco.

—¿Pavo? ¿Nos hemos pasado a las costumbres estadounidenses?

—¡Blanca!

Lola suelta la enorme bandeja de golpe, lo que provoca un ruido horrible, y corre a abrazarme con fuerza. Es una mujer grande, en general, que siempre me ha hecho sentirme en casa y, ahora, entre sus brazos, esa sensación vuelve. Huele a cocina casera, a tiempo y amor.

Cuando me suelta, veo que lleva un espantoso delantal, para no mancharse, que tiene un estampado de regalos y acebos sobre un fondo rojo. Es feísimo.

—¿Cuándo has llegado?

—Ayer.

—¿Hasta cuándo te quedas?

—Pues… hasta el lunes.

Titubeo porque empiezo a cansarme ya del pueblo, de la casa rural y de la habitación monacal.

No sé muy bien qué voy a hacer otro día más aquí y la verdad es que empiezo a barajar la idea de marcharme antes.

—Pues entonces es una suerte que estés aquí. Toma, una copa de vino para abrir boca. Y el accesorio oficial de estas navidades.

Me tiende las copas y una bolsa pequeña y yo me quedo horrorizada cuando la abro.

—Mira, Lola, yo siempre te he querido mucho, pero esto es demasiado para mí.

—Pues es obligatorio ponérselo si quieres cenar.

Saco de la bolsa el complemento. Es, con total seguridad, la diadema más fea y hortera que he visto en mi vida. Está forrada con tela verde brillante y lleva dos muelles, sobre los que se balancean dos árboles de navidad rellenos de espuma y adornados con tiras de colores.

—Por favor, no me obligues a ponerme esto.

—Calla, mujer. Si va a ser muy divertido.

Me la quita de las manos y me la pone en la cabeza.

—Oye, pues va muy bien con tu color de pelo.

–Me quiero morir.

–Qué exagerada has sido siempre. Hala, vete a socializar. Sole debe estar en el salón, ultimando los detalles de la cena.

Me dan los siete males de pensar que estará con Ángel. Es más, yo ya no sé cómo me he dejado liar para venir a esta cena, a este pueblo ni a mi vida en general. Igual en algún momento tendría que empezar a decirle a la gente que no quiero hacer algo, porque de verdad que me meto en cada *fregao*…

Entro en el salón con los árboles de navidad bamboleando en la cabeza y la copa de vino pegada a los labios. Efectivamente, Sole y Ángel están terminando de colocar copas, platos, servilletas y un pequeño paquetito sobre cada silla.

Y no llevan la puñetera diadema.

–¿Por qué vosotros dos no estáis haciendo el ridículo?

–Porque tenemos privilegios por ser hijos de los locos de la Navidad.

–No, no los tenéis –interrumpe su padre, que acaba de entrar en el salón–. Ya estáis tardando en poneros vuestra diadema.

–Papá, por favor.

–Ni por favor, ni *por favora*. Aquí el ridículo lo hacemos todos. Venga.

Deja encima de la mesa una bandeja con embutidos –que, a juzgar por el olor que me hace la boca agua, deben ser de la zona– y se vuelve por donde ha venido. Ángel y Sole se miran. Al final, ella, con un suspiro de frustración, se pone la dichosa diadema. Es aún más fea que la mía, porque la suya (y la de su hermano) tiene un único árbol de navidad que debe ser del tamaño de mi cabeza entera. Y está lleno de colorines y purpurina. Terrible, de verdad.

Poco después, los anfitriones distribuyen a los invitados por toda la mesa. Intentan separarnos a Ángel y a mí para que esto no acabe en tercera guerra mundial, pero, como también hay que dividir la mesa en el "sector joven" y el sector "de más edad", y en el primero estamos sólo nosotros tres... acabamos sentados uno enfrente del otro. Y, ojo, la cena empieza muy bien. Yo, que tengo al lado a Sole, me centro en ponerme al día con ella. Me cuenta qué ha hecho, cómo es su vida en Valencia, y ambas nos reímos al darnos cuenta de que las dos vivimos en un apartamento minúsculo de las afueras.

—Y yo pensando que la vida del *influencer* estaba llena de lujos —interrumpe su hermano.

—¿Conoces personalmente a muchos, Ángel?

—Pues no. Ni falta que me hace.

—Me alegro entonces de que opines sin tener ni idea —concluyo.

Él chasquea la lengua y yo vuelvo a mi conversación. Tengo un rato de tranquilidad, hasta que, cuando ya llegan los postres y alargo la mano hacia los turrones caseros de Lola, uno de los vecinos del pueblo, que está sentado junto a Ángel, abre la veda.

—Bueno, Blanca, cuéntanos, ¿qué te trae por el pueblo después de tanto tiempo?

—Necesitaba... recuperar la inspiración.

—¿Qué pasa, ya no te gustan los grandes viajes? ¿Has tocado techo después del viaje mochilero a Costa Rica?

Frunzo el ceño.

—Vaya, Ángel, no sabía que seguías tanto mi canal. ¿Estás suscrito para no perderte las novedades? –Veo que se pone rojo hasta la raíz del pelo, así que le pincho un poco más, sólo por fastidiar–. ¿Eres uno de esos haters anónimos que me dejan comentarios con seudónimo?

–No. He visto alguna cosa. Es por las sugerencias de YouTube...

–Ya.

Lola decide intervenir antes de que acabemos tirándonos bollos de pan a la cabeza.

–Pues yo me alegro mucho de que estés aquí. Recuerdo que te gustaba mucho venir a cenar cuando eras más jovencita...

–Y sigue gustándome. Es la única Navidad que conozco.

Ahora es Ángel el que frunce el ceño.

–¿Tu madre sigue sin celebrar nada? –Yo niego con la cabeza–. Vaya. Pensé que con la edad cambiaría.

–¿Tú estás tonto? –interviene Sole–. ¿Has visto acaso cambios en el pueblo?

Uno de los vecinos del fondo de la mesa decide tomar la palabra.

–Eso también es culpa nuestra. A fin de cuentas, no hace más que salir elegida una y otra vez.

–Pues votad a otro –dice mi archienemigo–. Igual sin nada que hacer recupera el espíritu navideño.

–Lo dudo. Hace falta mucho más que eso para que a mi madre se le derrita el corazón de hielo ese que tiene.

–En cualquier caso –continua el vecino–, nadie quiere esa responsabilidad y este pueblo es pequeño, así que...

Se hace el silencio. El padre de mi amiga, supongo que para acabar con la incomodidad, vuelve a sacar otro tema de conversación.

–Sole me ha dicho que ahora vives en el norte, Blanca.

–Sí. En Gijón.

–¿Y eso?

–No encontró un sitio más lejos al que huir cuando la dejó Jorge.

–¿Jorge? –pregunta otra vecina–. ¿El hijo de la Amparo?

Lola asiente.

–El mismo.

–Uy, yo siempre he pensado que no era

trigo limpio. No me daba buena espina, no me preguntéis por qué. Pero, vamos, estás mejor sin él.

Comienza una discusión vecinal, a la que asisto atónita, sobre por qué mi ex les caía regular desde siempre, que eso lo sabían todos menos, obviamente, la Amparo.

—Es que tiene la mirada aviesa —afirma otra vecina.

—¿Aviesa? Qué fina te nos has vuelto.

—Es que últimamente leo mucho.

—Ya se nota.

—Yo una vez le vi rondando los portales de la plaza muy de madrugada. Buena pinta no tenía.

Yo, que me creo que no me va a ver ni oír nadie, le lanzo a Ángel una mirada asesina.

—Muchas gracias, eh.

—De nada, mujer. A mandar.

—No sabía que me *stalkearas* tanto.

—¿Qué es *stalkear*? —pregunta su padre.

—Ay, Jose Luis, de verdad, qué poco puesto estás en lenguaje juvenil.

Su madre, claro.

—Ya, pero ¿qué es?

–Pues...

–Cotillear –contesto yo, y me giro de nuevo hacia Ángel, bajo la atenta mirada del resto de los invitados, que se dedican a masticar turrón en silencio–. Pues eso, que no sabía yo que cotillearas tanto mi vida entera.

–Bah. No es eso. Es que a nada que entre uno en internet ya se entera de todo.

Su hermana, al fin, decide intervenir.

–Pero si lo de Jorge te lo conté yo, no mientas.

–¡Hombre! ¡Al fin ha decidido salir a defenderme el pitufo mudito!

–Oye, no te pases, que tú serás mi amiga, pero él es mi hermano.

De todas formas, sé por lo distraída que está que a ella hay algo que le ronda la cabeza y yo no me siento cómoda con tanta atención sobre mí, así que dirijo la atención hacia temas menos peligrosos, espero un tiempo prudencial y me despido de todo el mundo en cuanto me termino el café. Los padres de mi amiga hacen amago de acompañarme, pero les pido por favor que disfruten de la sobremesa. Al final, es la propia

Sole la que viene a la puerta a despedirse de mí.

—He tenido una idea.

Yo, con el abrigo a medio poner y la diadema todavía bamboleando sobre la cabeza, la miro, escéptica.

—Lo sabía.

—No te entusiasmes tanto.

—Tus ideas de bombero retirado dieron con mi culo en urgencias varias veces.

—Tampoco fue mi culpa que te abrieras la cabeza.

—No, pero organizar una carrera—escalada de árboles sí.

—Blanca, céntrate y escúchame, que he tenido una idea. Una idea no, una súper idea. La madre de todas las ideas.

—Escupe.

—Vamos a hacer que tu madre recupere el espíritu navideño.

—¿Cuánto alcohol dices que has bebido?

—Un par de copas de vino y...

—Da igual. Demasiado, seguro. O eso, o te has vuelto loca.

—No me estás prestando atención. Si

logramos que recupere el espíritu, ¡en el pueblo volverá la Navidad! ¡Y la felicidad!

—¿Y cómo lo vas a hacer?

—Eso todavía no lo tengo claro.

—Mira, Sole, te quiero, pero creo que no comprendes que mi madre es el Grinch, el señor Scrooge y el Krampus. Todos. A la vez. Metidos en una coctelera, agitados y convertidos en... pues eso, en mi madre.

Noto que a ella se le ilumina la cara.

—Déjamelo a mí. Tú limítate a reunirte conmigo mañana, a las nueve, en el bar de Ricardo. Yo te pago las tostaditas con AOVE.

Con las mismas, y aún con el abrigo a medio poner, me empuja fuera de casa. Yo bajo en ascensor y, una vez en la calle, respiro hondo. Entre mi guerra con Ángel y la ocurrencia secreta de mi amiga, tengo la cabeza como un bombo a punto de estallar.

Y peor se me pone cuando escucho una voz a mi espalda, demasiado conocida para mí, que grita demasiado alto para las horas que son y lo vacías que están las calles del pueblo.

—¿Blanca? ¿Eres tú?

–No.

Corro en dirección contraria, rumbo al hotel.

No estoy preparada para enfrentarme a mi ex.

# Capítulo 6

Me despierta la alarma que he puesto en el móvil. Maldita Sole, malditas sean sus ocurrencias, maldito Jorge apareciendo en el pueblo de madrugada y maldito colchón de muelles. Por culpa de todos ellos, es la segunda noche consecutiva que duermo como el culo. He vuelto a darle vueltas a irme antes (por ejemplo, después de desayunar), pero... la verdad es que me da curiosidad ver qué se le habrá ocurrido a Sole para intentar derretir el corazón de mi madre y devolver la alegría a este pueblo. Anoche, mientras corría de vuelta al hotel, me dio por comparar, de forma injusta, las navidades que pasé en el pueblo de Eli con las que estoy pasando aquí. Allí todo estaba lleno, como en la canción de Marisol, de luz y de color. De árboles adornados, de gente feliz, de plazas llenas de luces. Aquí, sin un motivo para salir, las calles están vacías y los vecinos celebran en la intimidad. No huele a castañas ni chocolate, no hay niños gritando. No hay nada, más que el gris del asfalto y el frío que se cala hasta los huesos. Por eso, he decidido quedarme esta última noche que me queda. No creo que podamos cambiar a mi madre, pero tengo curiosidad por ver cómo quiere intentarlo Sole. Y, no sé, a lo mejor hasta ayudarla. Porque lo cierto es que echo de menos lo que nunca he tenido: La nochebuena, las uvas, una noche de Reyes llena de nervios…

Me visto deprisa para evitar que el frío me cale demasiado y bajo, con la cámara de nuevo al cuello, aunque no sé para qué. Sigo necesitando material, así que quizás pueda rascar algo hoy. Al pasar por recepción, no espero ni un "hola", por parte de la mujer que vive ahí, pero saludo igualmente, a pesar de que vuelve a estar concentrada en su lectura.

—Buenos días, señora de recepción.

–Mpf.

Le devuelvo un "mpf" a mayor volumen. Me mira, un poco desconcertada, y yo salgo a la calle muerta de risa. Aquí fuera me espera la primera sorpresa del día.

Ha nevado. Y no es que hayan caído cuatro copos, no. Es que ha debido nevar toda la noche, y un manto blanco de varios centímetros de profundidad lo cubre todo a mi alrededor. Saco la cámara de su funda y hago un pequeño vídeo travelling, conmigo en primer plano y las calles blancas detrás de mí. La vuelvo a guardar. Hago una bola con las manos desnudas. Me río.

Me descubro pensando que, a pesar de todo, este momento me está haciendo feliz.

Acuno esa sensación mientras me dirijo al bar del pueblo. Como son las nueve menos cuarto, supongo que ya está abierto, pero las puertas están cerradas. Tiro del pomo hacia mí y entro. Ahora entiendo por qué está cerrado a cal y canto: dentro se está calentito y huele a café recién hecho. Reconozco que hago un barrido visual por si veo a *alguien* conocido... No hay ni rastro de Ángel. Aunque me quedo paralizada al reconocer a la persona que ocupa la mesa en la que estaba sentado ayer.

–No me lo puedo creer –gimo.

–Hola, Blanca. Siéntate un momento.

–Por dios, no.

–Qué cabezona has sido siempre.

Le miro con un profundo cansancio. Cabezona, dice. Este señor siempre ha confundido cabezonería con que quiera hacer lo que me apetezca y no lo que él diga. Me ha costado meses –y terapia– comprender eso, pero ahora lo veo cristalino. Así que en lugar de obedecer, ocupo la misma mesa que ayer.

Ricardo sale de detrás de la barra y se acerca a mí.

–¿Tostaditas y café? –Asiento y él baja la voz–. Si te molesta, me avisas.

Tengo ganas de llorar, pero tampoco me parece justo hacerle *bullying* a mi ex, así que hago un gesto para que esté tranquilo y él se marcha, rumbo a la cocina. Con un gesto de profundo fastidio, Jorge se levanta y se acerca a mi mesa.

–Qué te costaría sentarte conmigo...

«Pues lo mismo que a ti sentarte conmigo»

–¿Qué quieres, Jorge?

–Hablar.

–Sabías que estaría aquí.

No es una pregunta. Lo sé.

–Sí. Lo supuse al verte anoche. No hay muchos sitios más donde desayunar y me imagino que en casa de tu madre no te estás quedando. Nunca habéis tenido muy buena relación.

–¿Qué quieres, Jorge?

–Hablar.

Ambos nos repetimos. Hemos entrado en un bucle.

–Pues habla. Pero rápido, que no quiero que se me indigesten las tostadas y empieza a oler a pan.

–Quiero volver.

–Tú flipas.

Jorge siempre ha sido un tío serio, así que no sonríe. Yo me planteo seriamente si es que en este pueblo habrá algo en el aire que les ha vuelto a todos majaras, porque entre lo de devolverle el espíritu navideño a mi madre y la ocurrencia de Jorge...

–No, no "flipo" –contesta, haciendo el gesto

de las comillas con los dedos–. Te he echado de menos.

–Ya. Claro. Y te has dado cuenta anoche.

–No...

La puerta se abre y Sole entra como un huracán. Se queda quieta en cuanto ve la escena que conformamos mi ex y yo.

–¿Qué...?

–Jorge ya se iba.

–No, no me iba.

Mi amiga se acerca a la mesa.

–Tenemos cosas que hablar. ¿Nos dejas?

–Yo también tengo cosas que hablar con ella.

–A ver, Jorgito...

Él se enfurruña al escuchar el mote de cuando era niño.

–No me llames así.

–...Que te vuelvas a tu mesa. ¿No ves que Blanca está incómoda?

–Oye, que puedo defenderme sola –gruño.

–Sí, ya lo veo.

Jorge se da por vencido y vuelve a su mesa. Es obvio que piensa esperar a que Sole se marche para volver a atacar. Ricardo llega, justo a tiempo, con mi café y las tostadas.

—¡Sole! Buenos días, hija, ¿qué ponemos?

—Ay, Ricardo, ponme un chocolatito. Con churros.

Mientras Ricardo se va, me fijo en el gorro que lleva puesto.

—¿Qué es eso que llevas en la cabeza?

—Pues un muñeco de nieve. ¿Te gusta?

—No mucho, la verdad. ¿Se te ha pegado el lado hortera de tus padres?

—Qué va. Es para meterme en el papel.

—¿Qué papel?

—Bebe más café, que hoy estás espesa. — Mira a su alrededor, como si fuera una espía internacional que quiere asegurarse de que nadie la escucha—. ¡Lo de tu madre!

—Ah, ¿ya se te ha ocurrido algo para derretir el corazón del Grinch?

—Sí. Pero necesito tu ayuda.

Ricardo se acerca con el chocolate y los churros, y los pone delante de mi amiga. Se me hace la boca agua.

—Anda, Ricardo, tráeme otra ración para

Blanca, que está mirando los churros como un nómada al agua en pleno viaje del desierto.

—No, no, si yo con mis tostaditas ya...

—¿Chocolate también vas a querer?

—No. Pero otro café sí, que según Sole estoy un poco espesa.

—Como mi chocolate.

Los dos se ríen. Qué humor tan raro tienen en este pueblo. El caso es que no tarda mucho en traerme mi ración de churros y, mientras tanto, yo espero a que Sole me cuente su plan.

—Entonces, ¿qué vas a hacer? ¿Y en qué te puedo ayudar?

—No te lo cuento, que me dices que no.

—Me estás sacando de quicio.

—Pero eso es porque mi hermano ya te puso los nervios de punta ayer y no estás contenta con tu colchón de muelles. ¿Has notado el guisante en tu espalda, princesa?

—Pero ¿qué dices ahora de un guisante?

—Nada, nada. Bueno, tú dime que sí a lo de tu madre. Porfa. Que en este pueblo estamos perdiendo ya la alegría de vivir.

—Te recuerdo que no vives aquí.

—Pero vengo todas las navidades. Y vuelvo a mi casa gris.

—Eso es porque nunca dejas que te dé el sol.

Muerdo un churro. Miro de reojo cómo Jorge está al acecho, como una hiena lista para saltar sobre su presa que, en este caso, soy yo. Bebo medio café de un trago, a ver si me da fuerzas para aguantar a esta panda de locos.

—No vas a parar hasta que ceda, ¿verdad?

—Lo que no entiendo —me contesta Sole— es para qué te esfuerzas siquiera en intentar no unirte a mi causa. Si tú y yo sabemos que vas a ceder y unirte a mi plan aunque sea sólo por curiosidad.

—Está bien. Qué hago.

—Venir a las ocho a mi casa. Lo tendré todo preparado. —Se mete dos churros en la boca, envuelve otros tres en una servilleta que arroja dentro del bolso y se levanta—. Hale, te dejo, que tienes que resolver tus asuntos del pasado. Por favor, imponte, que nos conocemos.

Estoy a punto de pedirle (¡hasta suplicarle!) que no se vaya, que eche a Jorge, que me ayude o hacerle chantaje con su plan supersecreto. Pero sé que tiene razón. Es el momento de poner los puntos sobre las íes. Y a Jorge le falta tiempo para acercarse, en cuanto Sole se marcha del bar.

—¿Tú ya eras así de pesado cuando estábamos juntos?

—No debería haberte dejado.

—Ya, pero lo hiciste. ¿Recuerdas por qué?

—Sí. Por error.

—Hombre, Jorge, por error se confunde la sal con el azúcar. Dejar a alguien porque ya no tiene éxito laboral tiene otro nombre.

—No fue por eso.

—Ya.

—Vuelve conmigo.

—Pero ¿por qué demonios quieres que vuelva contigo?

—Porque te echo de menos.

Alzo una ceja. Es que no me lo creo. Y, como no entiendo la insistencia, dedico unos instantes, mientras muerdo un churro, a pensar en qué mosca le ha picado.

—Ya sé lo que te pasa.

—Que te echo de menos.

—Qué va. Lo que te pasa es que te sientes

solo. Es la primera vez que no tienes una relación y has descubierto el maravilloso submundo de Tinder, ¿eh? –Su silencio le delata. Jorge siempre ha llevado fatal la soledad–. Pues hale, sigue buscando.

–Te juro que te sigo queriendo, Blanca. Te lo demostraré. Te haré un gran gesto de amor.

–Por favor, no lo hagas. Ahórranos a los dos la vergüenza ajena.

No le permito seguir hablando. Me bebo de un trago lo que me queda del café, dejo sobre la mesa un billete que seguramente le deje a Ricardo una propina considerable por mi desayuno y el de Blanca y salgo a la calle.

Tengo hasta las ocho de la tarde para recuperar mi calma, así que ha llegado el momento de pasear, grabar y respirar hondo.

Y rezar para que el plan de Sole no acabe con mi culo en urgencias.

# Capítulo 7

Creo que la mujer de recepción y yo estamos empezando a entendernos. Al menos, eso me ha hecho pensar el hecho de que cuando llegué a mediodía a la casa para cambiarme y descansar un rato, agotada y con los pies húmedos a pesar de las botas de montaña, ella me haya subido una infusión caliente y un bocadillo de tortilla recién hecha. Eso me ha hecho recuperar un poco la fe en la humanidad. Si ella, que se comunica con monosílabos, es capaz de tener compasión de mí, digo yo que algo podremos hacer con mi madre.

Salgo de la habitación a las ocho menos diez, sin muchas ganas. He visto por la ventana que está nevando, con bastante fuerza, además, y yo estaba muy a gusto en la habitación, viendo mis vídeos y pensando que siguen siendo un asco. Como el plan de Sole puede darme material, he decidido traerme la cámara, por si acaso. El caso es que, al pasar por recepción, oigo una especie de gruñido. Me giro.

–¿Es a mí?

No sé para qué pregunto, si nunca hay nadie. Sigo pensando que es bastante probable que esté sola en este hotel.

–Sí. ¿No has traído paraguas?

–No. Aunque tampoco creo que sirva de mucho con la que está cayendo.

–Toma.

Pone sobre el mostrador un paquete verde fosforito. No sé lo que es, pero no me atrevo ni a acercarme.

–No hace falta...

–Llévatelo. No quiero que cojas una pulmonía y me contagies. O te mueras. Aquí las ambulancias y las funerarias cuando nieva llegan mal.

No, si ya decía yo...

—Ehm... bueno, gracias.

Lo cojo y lo miro sin saber qué hacer con esto. Parece de plástico.

—Es un chubasquero plegable. Póntelo.

Obedezco, porque la verdad es que puedo ver desde aquí que la nieve arrecia y no tengo ganas de salir sin nada encima que me proteja. Me queda enorme, tanto que, aunque parece de medio cuerpo, me llega hasta las rodillas. Bueno, casi mejor, así me tapa más.

—Era de mi marido. Por eso te queda tan grande.

—Ah. ¿Y él...?

—Largo. Que se te ve que vas con prisa y vas a llegar tarde.

Devuelve la mirada a su libro, como para dar por terminada la conversación y yo salgo al frío y la nieve, pero sonrío. Porque sé que, aunque por fuera sea un ogro, esta mujer tiene su corazoncito y lo ha sacado a pasear.

Camino por las calles, que aún están más vacías y oscuras que de costumbre. Seguramente sea porque la nieve también está cubriendo las farolas y la luz escasea, pero en lugar de crear una estampa preciosa tipo blanca Navidad, todo tiene un aspecto lúgubre y tétrico. Aprieto el paso hasta llegar al portal de Sole, llamo al timbre y subo, ya casi temblando del frío que hace.

Es mi amiga la que me abre la puerta.

—¿Qué llevas puesto?

—Un chubasquero anti tormenta de nieve, obviamente.

—¿Y de dónde has sacado ese espanto?

—De la mujer de la casa rural. Yo qué sé. Me ha venido bien.

—Pues es horrible.

—¿Me dejas pasar o vas a dejarme en el umbral mientras criticas mi *outift*?

Una voz masculina me hace burla desde dentro, sin que lo pueda ver.

—*Outfit.* Qué moderna, la niña.

—Muy maduro, Ángel —grito y luego me dirijo de nuevo a Sole—. ¿Va a quedarse él aquí?

—No, mujer, si quieres me voy de excursión al Círculo Polar Ártico, que debe tener la temperatura más alta que en el pueblo, para que tú puedas estar en mi casa calentita sin que te moleste mi presencia.

–Demasiado cerca me parece.

–Os necesito a los dos –zanja Sole–. Así que haya paz durante un momentito, por favor. Al menos, hasta que os cuente para qué os necesito y cómo vamos a recuperar la Navidad.

Hago una mueca, pero, en fin, todo sea por las viejas amistades y la felicidad de todo un pueblo. Entro y bendigo la calefacción central de este edificio. Tanto Sole como Ángel están en manga corta y yo me quito el chubasquero y el abrigo.

–¿Y tus padres?

–Se han ido a cenar con la abuela. Vamos al salón.

Ella sigue su propia orden, pone rumbo a la estancia, yo la sigo y Jorge viene detrás de mí, con el ceño fruncido y susurrando algo como que no comprende cómo se ha dejado embaucar por su hermana. Estoy a punto de darle la razón, pero no quiero ser yo la que entierre el hacha de guerra y menos uniéndome contra Sole. Así que me muerdo la lengua y entro al salón.

Sole ya está sentada en el sofá y, frente a ella, sobre la mesa de centro, hay un planning que no me gusta nada, porque puedo ver las fechas sobre cada una de las columnas que ha escrito. Hoy, mañana y pasado.

—Sole, que yo me voy mañana.

—No te preocupes, lo tuyo va en primer lugar. Será esta noche y mañana... pues eso, te vas.

—Si hay autobuses —interviene Jorge—. Que con esta nevada... está por ver que puedan llegar.

Ostras. No lo había pensado. Es cierto que Villa Albar no está muy bien comunicado cuando nieva. Sole da una palmada al aire.

—A ver, por favor, centrémonos, que lo importante no es si podrás irte mañana.

—Bueno, eso lo dirás tú —gruño.

—Ni que tuviera un sitio mejor al que ir — añade Ángel por lo bajini.

—¿Me quieres dejar un ratito en paz, por amor de dios?

Cojo la cámara, la enciendo con rapidez y le hago una foto sólo para que salte el flash y le deje medio cegato unos segundos. ¿Es por fastidiar? Pues sí. ¿Me hace feliz verle parpadear y dar manotazos al aire? Pues también.

—¡Muy maduro también por tu parte!

Sole da una segunda palmadita en el aire.

—Pero ¿me queréis hacer caso de una vez? ¡Que se nos va a venir el tiempo encima!

Suspiro y me tiro de culo en el sofá, haciendo que Ángel tenga que apartarse para no caerle encima.

—A ver, cuéntanos.

—¿Conoces "Cuento de Navidad"?

—No tiene pinta de leer mucho – responde su hermano, antes de que pueda hacerlo yo.

Decido ignorarle.

—¿La novela de Dickens?

—Exacto.

Le saco la lengua a Ángel.

—Sí que leo.

—Pues se me ha ocurrido interpretar nuestra propia versión del cuento.

Tanto su hermano como yo, que nos estamos echando un pulso de ceños fruncidos, giramos la cabeza hacia ella.

—¿Cómo dices?

—¿Perdona, qué?

—Bueno, veo que al fin tengo vuestra

atención, queridos niños.

—A mí no me trates como si fuera uno de los críos de tu guardería.

—Se dice jardín de infancia, hermanito. Y, como los dos me lo parecéis, pues es el trato que os voy a dar.

Yo apenas escucho nada porque me he quedado atascada con sus palabras anteriores.

—No, en serio —increpo a Sole—. Que quieres hacer ¿qué?

—¿Recordáis como empieza Cuento de Navidad?

—Claro —contesto, porque es una de esas novelas que releo casi cada año por estas fechas—. Scrooge es un *workaholic* avaricioso, a quien no le importa nada ni nadie que…

—¿Tienes que meter palabras en inglés en cada frase que dices?

—En resumen —nos corta mi amiga, antes de que pueda devolver la pulla—. Que como el colega Scrooge no tiene espíritu navideño…

—Eso no es exactamente así.

—Ya está el sabelotodo de la familia.

—Es que Scrooge no tiene que recuperar su

espíritu navideño, hermanita, Scrooge tiene que aprender lo mala que es la avaricia, entre otras cosas, la importancia de la familia…

—¡Que me dejéis contar mi plan en paz!

—Bueno, bueno. Perdón.

—El caso es que tu madre, Blanca, sí que necesita recuperar el espíritu navideño.

—Recuperar, dice. Lo que necesita es fabricarse uno nuevo desde cero.

—Así que vamos a hacerle nuestra propia versión del cuento de Dickens.

—¿Y qué pinto yo en todo esto?

Para contestar a su hermano, Sole alcanza el *planning*, donde veo con total claridad que pone "tres fantasmas" y debajo, un par de anotaciones que me dejan en shock.

—No —digo—. Me niego.

—Tú no te niegas a nada, que eres la heredera de la mujer que nos ha robado la navidad.

—Que no tengáis fiestas por su culpa no implica que yo me quiera involucrar en movidas raras.

—Parte de responsabilidad sí que tienes —me

pincha Ángel–. Pero yo no. Así que aquí os quedáis. Adiós.

Se dispone a levantarse, pero su hermana tira del puño de su jersey hasta que su culo vuelve a estar al lado del mío. Me aguanto la risita.

–Quietos aquí los dos.

–Pero ¿no ves que no queremos meternos en esta locura? ¡Que mi madre no va a recuperar nada! ¡Que lo veo venir!

Sole pone unos morritos que no he visto desde que me fui del pueblo. Noto que mi fuerza de voluntad flaquea.

–Si no lo hacéis porque creéis en mi elaboradísimo y bien pensado plan, hacedlo por mí. Este año voy a pasarme las fiestas aquí y es pensar en que todo siga tan gris como siempre y deprimirme. Porfa.

–¿Porfa?

Ella abre los ojos como el gato de Shrek.

–Porfa –insiste.

–Bueno, no tengo nada que perder y tendré que hacer feliz a mi mejor amiga de alguna forma. Va, cuenta conmigo.

Las dos nos giramos hacia Ángel, que sigue

con el ceño fruncido. Su hermana sonríe.

–No vas a hacer de fantasma. Te lo prometo.

–Entonces ¿qué quieres de mí?

–Espera, ¿yo sí voy a ser un fantasma?

–Es obvio –asegura Ángel–. ¿Para qué nos iba a necesitar si no?

–Que tú no vas a ser uno de los fantasmas, cojona. Tú sí, Blanca. Lo siento.

–¿Y qué voy a hacer entonces?

–Vas a ser la voz en off. El contexto.

–No.

–¿Puedo ser yo la voz en off y él el fantasma?

–No. No puedes. ¿Podéis dejar de discutírmelo todo?

–Joder, hermanita, es que tu plan hace aguas por todas partes.

–Pero ¡si todavía no lo habéis escuchado! ¡Sois insoportables y tal para cual!

Se hace un silencio. Recuerdo, por un momento, cuando yo también pensé que éramos tal para cual. Hace tantos años de eso...

–Venga, no te enfades –le dice Ángel–.

Cuéntanoslo bien.

—Vamos un poco justos de tiempo, así que os explico lo que haremos hoy...

# Capítulo 8

Maldigo entre dientes. Hace un frío que pela. Y sigue nevando. Y la peluca que Sole me ha obligado a ponerme hace que me pique muchísimo la cabeza entera. No sé dónde ha ido a comprarla, pero es obvio que no es de buena calidad. Por suerte, y por primera vez desde que llegué a este pueblo, la mujer de recepción no está cuando salgo con esa cosa en la cabeza, y la... bueno, la ropa que mi amiga me ha pedido que me ponga.

Espero con impaciencia en el portal de mi madre. Preferiría hacer esto sola, la verdad, pero Sole ha sido clara: Tenemos que hacer esto juntos para que "el efecto sea total". Ya. Muy divertido de cara a la galería. Pero es de noche cerrada, no se ve bien, yo estoy helada y Ángel llega tarde. Dedico la espera a manipular mi cámara para quitarle el sonido al grabar, los flashes, y cualquier ruido que nos pueda delatar. No pretendo que salga la cara de mi madre, pero... tampoco puedo renunciar a este material. Obviamente.

Por fin, cuando estoy sacando el móvil para llamar a Sole y preguntar por el impresentable de su hermano, el susodicho aparece por la esquina. No suelto una carcajada sólo porque es demasiado tarde como para que mi risa no despierte a medio pueblo.

Ángel lleva puesta una especie de túnica negra sobre unos vaqueros del mismo color. En la cabeza lleva un pasamontañas que, por suerte, no se ha puesto sobre la cara, sino que flota sobre su frente.

—Ni media palabra —me dice cuando llega a mi altura.

—Llevas mal puesto el pasamontañas.

Estiro la mano hacia él para bajárselo, muerta de risa, pero me detiene a medio camino.

—Y no me lo voy a poner hasta que

lleguemos a casa de tu madre. No me apetece mucho que los vecinos piensen que soy un asesino, un violador o yo qué sé, que con estas pintas...

Sé que está hablando, pero no escucho bien sus palabras. Su mano se ha quedado sobre la mía y yo tengo la mirada clavada ahí. Noto su contacto. Su piel. Su calor. Él sigue mi mirada con la suya hasta nuestras manos, y la aparta en el acto.

–¿Cómo te has dejado convencer? –pregunto, para desviar la atención de lo que acaba de pasar.

–Porque quiero mucho a mi hermana. Y porque en el fondo creo que no es mal plan. Igual hasta funciona.¿Has traído la llave?

–Sí, claro. –Agito el llavero delante de su cara–. ¿Vamos?

Asiente y entramos en el portal. Para hacer más llevadero el viaje en ascensor –que, de repente, me parece el trasto más lento del mundo– le doy unas nociones básicas sobre cómo manejar mi cámara.

–Pero ¿qué es lo que quieres grabar?

–Todo. Mientras sueltas tu rollo introductorio

yo la coloco, la dejo grabando y luego tú nos sigues. ¿Serás capaz?

–Sí, pero no quiero.

–¿Por joder?

–No. Porque no me parece bien grabar a tu madre sin su consentimiento. Y, además, porque yo estoy aquí para disfrutar del momento.

–¿Grabarla no, pero hacer un paripé para hacerla cambiar de opinión sobre cómo gestionar las fiestas sí?

–Exacto. Cada uno tiene su código moral.

–¿Y disfrutar de qué?

–De la noche.

–Tú no estás bien.

No podemos seguir discutiendo porque, entre medias, hemos llegado a la puerta de mi madre y estamos perdiendo mucho tiempo, así que Ángel corta la conversación.

–¿Vas a abrir?

Asiento y abro con cuidado de no hacer ruido. Él saca de la mochila una minúscula máquina de hacer humo y la enciende de camino al dormitorio. No doy crédito, de verdad. Entramos, pero no cierro detrás de nosotros, de cara a la segunda parte del plan. Dejamos en el recibidor las mochilas, de las que sacamos un par de cosas… y mi cámara. Creo que él tiene razón. No es justo que grabe un castigo para mi madre y lo exponga de forma pública.

Todo está oscuro, así que apoyo una mano en la pared para no tropezar con nada ni hacer ningún ruido que pueda despertar a mi madre. El factor sorpresa es importante. Yo creo que es todo una gilipollez porque, en cuanto nos vea, nos va a dar una colleja y a mandarnos a nuestra casa de la onda expansiva, pero, bueno, ya he aceptado el juego y vamos a intentar hacerlo lo mejor posible. Al doblar el pasillo, la mano de Ángel se enreda con la mía por segunda vez en lo que llevamos de día. Sólo que no me suelta. Giro la cara hacia él que, con un par de gestos, me da a entender que tiene miedo a tropezar, porque no conoce la casa como yo. Los motivos me dan igual.

Yo sólo siento electricidad.

Un flash. Un chispazo entre mis dedos y los suyos.

Me detengo unos segundos, hasta que él tira de nosotros y recupero la cordura. Por fin, alcanzamos el dormitorio de mi madre, que tiene la puerta entornada. Nunca ha soportado dormir encerrada, así que eso juega a nuestro favor. Ángel me indica que él va a pasar primero para comenzar la charada. Y me suelta.

Y yo siento el frío en mi piel.

No me permito pensarlo. Espero tras la puerta entornada. Desde aquí le veo ponerse el pasamontañas y encender una linterna, que se coloca bajo la cara, mientras yo me ato al pie la cadena de plástico que llevaba en la mochila. La habitación se llena, poco a poco, de humo blanco. No sé qué efecto esperaba conseguir con esto, pero si yo me despierto y veo a alguien así, infarto.

—Hoy es un día frío, desapacible, cortante y con niebla —empieza.

Reconozco la frase de la novela de Dickens y sonrío. Lo ha preparado bien. Mi madre, sin embargo, acaba de despertarse de golpe y ha reaccionado... pues eso. Como lo haría yo, al borde del infarto. Del susto se ha quedado sentada en la cama y está dando gritos.

—¿Quién eres? ¿Qué haces en mi casa?

—Preguntad mejor: ¿Quién habéis sido?

Era mi señal. Así se presenta el primer espectro en el cuento de Dickens. Así que cojo aire y entro en la habitación.

Por un momento, y dado que llevo ropa y una peluca que imita el *look* que yo misma llevaba a los quince, mi madre abre mucho los ojos.

–¿Blanca?

Me miro la mano donde tengo mi frase, porque yo, a diferencia de Ángel, no me sé la puñetera novela de pé a pa y, obviamente, en las dos horas que he tenido para preparar este montaje, no me ha dado tiempo a memorizarla.

–En el mundo fui hija tuya.

Vale, igual es un poco pillado por los pelos porque no me he muerto, pero yo qué sé. Mi madre se arrebuja en la cama.

–¿Tú estás tonta? ¿Qué haces vestida así?

Vuelvo a mirarme la mano. No sé muy bien qué contestar, así que sigo adelante como si no hubiera dicho nada, sacudo la cadena de plástico que me he puesto en el pie y sigo con el numerito.

–Arrastro la cadena que me he forjado yo misma. ¿Queréis saber cómo es la cadena que preparáis?

—"El peso y la longitud de la cadena que preparáis" –matiza Ángel, entre susurros.

–Cállate –ordeno–, que nos jodes el teatrillo.

–Pero ¿qué decís?

Ángel suspira y toma las riendas.

–Levántate, Inés. Durante las próximas tres noches recibirás la visita de tres espíritus, que te mostrarán cómo ha sido, es y será tu vida.

–Yo soy tu primer fantasma –añado–. El espíritu de tu pasado.

Oigo ruidos en el salón. Se ve que la segunda parte del plan ya está listo. Por desgracia, mi madre también lo oye.

–Pero ¿cuánta gente habéis metido en mi casa? En fin, no voy a salir de la cama en camisón delante de un amigo de mi hija.

Nada, nada, *p'alante.* Me miro la otra mano para consultar la última frase que tengo apuntada. Desde aquí, todo es improvisación. Que dios nos pille confesados porque ni siquiera sé qué están preparando en el salón. No hemos tenido tiempo de preparar tanto.

–Sin sus visitas caeríais en la misma desgracia que yo –suelto.

Mi madre sube la colcha a la altura de la barbilla.

–Que no salgo de la cama en camisón mientras este chico esté en mi cuarto –Me encojo de hombros y hago un gesto con la cabeza para que salga. Ángel obedece–. Y tú también. Una dama no se cambia en compañía.

Salgo yo también al pasillo, donde Ángel se ha subido el pasamontañas.

–Me estaba ahogando –me explica.

–Yo creo que puedes quitártelo. Total, ya te ha reconocido.

–No está saliendo como esperaba.

–Es mi madre. Es un hueso duro de roer.

Y será peor. Al tiempo. Pero esto me lo callo.

–Ha debido ser duro crecer con ella.

–Sí. Mucho.

Trago saliva. No quiero llorar, pero recordar mi infancia siempre me duele más de lo que me gustaría admitir. Agacho la cabeza y él, en un gesto automático, extiende la mano hacia mí. Justo cuando está a punto de tocarme para ofrecerme consuelo, mi madre sale de la habitación, vestida con unas mallas, un jersey amplio y una bata rosa. Maldigo.

–Bien –dice Ángel, bajando la mano y volviendo a colocarse el pasamontañas–. Síguenos.

Echa a andar hacia el salón y yo le sigo. Detrás, a regañadientes y protestando, viene mi madre.

–Jesús, qué manera de hacerme perder el tiempo, como si no tuviera yo mañana cosas que hacer, como para que me tengáis haciendo el tonto a la una de la mañana...

Estoy a punto de preguntarle si está muy agobiada con el encendido de luces de navidad, pero me muerdo la lengua. No estoy aquí para discutir con ella.

Cuando entramos en el salón, soy incapaz de contener la risa. Se me escapa entre los labios cuando veo a la mujer de recepción de la casa rural donde me alojo. Está de morros, con una peluca peor que la mía y que pretende parecerse al pelo de mi madre, y vestida casi igual que ella... pero con varias tallas más. De esto no me habían avisado porque Sole ha tenido que improvisar, pero supongo que ella está más enterada que yo, porque me hace un gesto sutil para que me acerque. Bueno, sutil... por decir algo. Lo que hace en realidad es agitar la mano. Mi madre se acerca, pero Ángel le corta el paso.

—Mira, y observa tu pasado.

La mujer de recepción espera hasta que estoy a su altura. En ese momento, se gira hacia mi madre.

—Soy el espíritu de la Nochebuena pasada —dice, y luego se gira hacia mí—. ¿Qué quieres, hija?

Entiendo en el acto lo que pretende y, como lo he vivido en mis carnes, no me cuesta meterme en el papel. Supongo que por esto me necesitaba Sole esta noche.

—Yo... he pensado que podríamos hacer algo especial, sólo esta vez.

—No aprecio diferencia entre este día y el resto de los días del año.

—Hoy es Nochebuena y el resto de los días del año, no.

—Cenaremos a las nueve, como siempre. Hoy toca pollo que sobró ayer. ¿No pretenderás que lo tire?

Me ahogo. No puedo seguir con esta conversación porque el recuerdo de todas las navidades que no he celebrado y que se parecían tanto a esta escena se me atascan en la garganta. No puedo respirar.

Corro hacia la que era mi habitación de niña, y que ahora se ha convertido en un aséptico cuadro de invitados. Entierro la cara en la almohada. Y lloro. Lloro a mares, rompiéndome por dentro, dejando salir el dolor acumulado. Sollozo contra las sábanas. Apenas oigo los pasos que se acercan a la puerta pero, cuando soy consciente, no levanto la cabeza.

—Dejadme tranquila —gimo.

—Estoy solo.

No protesto cuando oigo que Ángel cierra la puerta y se acerca al borde de la cama. Con cuidado, me quita la peluca y la deja a un lado. Hace lo mismo con la cadena de plástico que llevo enganchada al pie. Después, se sienta y me acaricia el pelo con suavidad. Como lo llevo corto por detrás, siento su mano y me centro sólo en eso para tratar de calmarme.

—No sabía que esto iba a afectarte tanto.

–Ya. Yo tampoco.

–¿Alguna vez has... hablado con alguien de todo esto?

–Sí. Años de terapia me llevaron a comprender que no puedo cambiar a las personas y bla, bla, bla. Pero el dolor de la infancia que no viví más que a través de tu familia, Ángel, ese no se ha ido nunca.

–Lo siento.

–Ya ves, ni que fuera culpa tuya.

–No, pero…

No sabe qué decir. Es normal.

–Yo también siento el numerito.

–No digas tonterías. Ojalá no hubiéramos hecho nada. Vámonos a casa.

Tira de mi mano para levantarme y yo me dejo llevar. Cuando cruzamos el salón donde está mi madre, junto a la actriz improvisada, agacho la cabeza.

–Blanca…

Niego. No quiero hablar con ella ni, en general, decir nada. Vuelvo a tener los ojos llenos de lágrimas. Ángel me escolta hasta el recibidor, donde recogemos nuestras cosas, y sigue a mi lado cuando llegamos a la calle.

Sigue nevando con fuerza y yo me dispongo a despedirme.

—No puedo decir que la noche haya sido un placer —intento bromear—. Pero espero que al menos os sirva para recuperar la Navidad. Aunque lo dudo.

—Ven a casa.

—¿Cómo dices?

—Que vengas a casa.

—Se te ha ido la olla.

—No. Enterremos el hacha de guerra por esta noche, Blanca. No quiero que te vayas a dormir sola, a una habitación fría, después de lo que ha pasado.

Dudo, pero el frío, la nieve y los recuerdos se me han calado hasta los huesos.

—¿Y mis cosas?

—Mañana te vas temprano. Yo mismo te ayudaré a recoger si lo necesitas y vas justa de tiempo. Por favor, ven a casa —repite.

Cedo porque pensar en la habitación fría me deprime, y caminamos en silencio por las calles oscuras y vacías del pueblo, hasta que llegamos a su casa. Sole, obviamente, está esperando en el salón, leyendo. Si se sorprende de verme allí, no lo muestra.

—¿Qué tal ha ido?

—Pues...

—Mañana te lo contamos —me corta Ángel—. Le he dicho a Blanca que se quede a dormir. Hace mucho frío para que se vaya a esa casa sin calefacción.

—Ah. Claro. Lástima que ya no tenga dos camas en mi habitación, para hacer fiesta de pijamas como cuando éramos pequeñas...

—Puede dormir en la mía. Yo dormiré en el salón.

Se va a recoger sus cosas y yo me quedo aquí plantada, con Sole.

—¿Todo bien?

—No. Me derrumbé en la escena que tenías preparada con la señora de recepción.

No pregunta nada, sólo me abraza hasta que su hermano vuelve a entrar, con una manta y una almohada.

—Mi habitación es toda tuya.

—No hace falta, puedo dormir aquí.

–No ofendas el honor de un caballero.

Sonríe, y yo le devuelvo la sonrisa. Nos quedamos los dos prendados, durante unos segundos, hasta que Sole carraspea y dejamos de mirarnos.

–Esto ya lo he vivido...

Me sonrojo, pido disculpas y me voy a la habitación. Como no tengo ropa, me desnudo y rebusco en un cajón hasta encontrar una camiseta de Ángel con la que poder dormir más cómoda. Me la pongo. Huele a él.

Cuando al fin me meto en la cama, no puedo dormir. Son demasiadas emociones para un solo día. Me canso de dar vueltas. Pero no soy la única porque, con toda la casa en silencio, oigo unos pasos que se acercan a la puerta de la habitación. Sonrío y me levanto para abrir, para que no tenga que llamar.

Ángel no me da tiempo a saludar. Coloca una mano en mi cuello, otra en mi cintura y sus labios sobre los míos. Yo enredo los dedos en su pelo y cierro la puerta con la punta del pie, con cuidado de no hacer ruido. Caminamos, pegados, hasta la cama, donde nos dejamos caer con las lenguas enredadas y la respiración un poco agitada.

Ángel y yo hacemos el amor en silencio, tragándonos los gemidos del otro, transformando toda la electricidad acumulada durante la noche en un deseo que nos arrasa.

# Capítulo 9

Cuando me desperté, hace cerca de una hora, me dolía el cuerpo entero y estaba agotada, porque no había dormido ni dos horas. Ángel, que se negó a irse de la cama alegando que nunca más nos podríamos mirar a la cara si nos separábamos en ese momento, despertó justo después y... nos faltó tiempo para repetir aunque, en esta ocasión, fue mucho más pasional. Tanto, que tuve que morderle el hombro para no ponerme a gritar en pleno orgasmo, a sabiendas de que estábamos en una casa llena de gente que, para colmo, era su familia.

Y ahora, a pesar de sus alegaciones para no irse a dormir al salón, me quiero morir de vergüenza. No sé cómo salir de esta habitación sin que se descubra el pastel, porque, a juzgar por los ruidos que oigo, todo el mundo debe estar ya despierto y en movimiento.

—No te van a comer —dice Ángel, dándome un mordisquito en el cuello que me provoca un escalofrío.

—Sal tú primero.

—Como quieras.

—No, espera, que entonces saldré yo la última. Y creo que huelo raro, me tengo que duchar.

—No hueles raro. Hueles a sexo. ¿Quieres repetir?

—No me toques. ¿Nos habrán oído?

—No, mujer. Si somos todo discreción.

Así que, al final, me levanto para recorrer el paseíllo de la vergüenza vestida con una ropa que pretende simular el *look grunge* de cuando tenía quince años, después de acostarme con el hijo mayor de los dueños de la casa.

—Ay, no, no puedo salir.

Ángel se echa a reír, me da un beso en la frente y sale de la habitación. En calzoncillos. Yo me cubro la cabeza con las mantas, a ver si así desaparezco del mundo. Oigo el ruido de la ducha y, diez minutos después, la voz de Sole desde la puerta.

—Anda, sal y vete a la ducha, que aquí dentro huele a choto y habrá que ventilar.

—¡Sole!

—¿Qué pasa? ¿No pretenderás quedarte a vivir en esa cama?

—Ay, por dios. Me quiero morir.

—Claro, te pones ahí a darlo todo sin pensar en las consecuencias...

—¿Nos has oído? Mira, déjalo. No quiero saber la respuesta.

Ella se echa a reír y yo salgo de la cama, me visto y corro a la ducha. Me regodeo en el agua caliente y el olor del champú. Cuando salgo veo que alguien me ha dejado ropa mucho más discreta en el suelo del baño. Reconozco un jersey de Sole y unos vaqueros rotos, así que me la pongo, salgo y voy a la cocina, donde ya todo el mundo está alrededor de la mesa. Incluidos Ángel y Sole. Su madre da una palmada sobre la silla que está a su lado.

–Anda, siéntate y coge churros, mujer. Ahora te preparamos un chocolatito.

–Blanca es más de café, mamá.

–Uy, mira qué bien lo sabe el niño –se ríe Sole.

–Bueno, hija, es que si están juntos, pues es lógico que sepa esas cosas de su chica. ¿Verdad, Angelito?

–No estamos juntos –soltamos Ángel y yo a la vez.

Su padre, su hermana y su madre nos miran como si nos hubieran salido cuernos en la frente. Yo me sonrojo tanto que noto calor en la cara y trato de disimular agachando la cabeza. Cojo un churro y trato de derivar la conversación hacia terrenos menos pantanosos.

–¿Qué vais a hacer hoy?

–¿Vamos? –pregunta mi amiga.

–Yo me voy en... –Miro mi reloj–. Una hora. De hecho, debería darme prisa.

–¿Irte? –me pregunta su madre, Lola– ¿A dónde?

–Pues... a casa. A Gijón, quiero decir.

A Ángel se le escapa algo que está a medio

camino entre la risa y la burla. El resto se miran entre sí.

–¿Qué pasa?

–No has mirado por la ventana, ¿verdad?

–Ha estado ocupada con otras cosas –me pincha Sole.

Me levanto y me acerco a la ventana de la cocina. El panorama es desolador. O precioso, según cómo se mire. Las calles están cubiertas de un manto blanco… y sigue nevando. Al mirar los coches aparcados y la nieve que hay sobre ellos me doy cuenta de que debe tener, al menos, metro y medio de profundidad. Gimo, porque sé que las máquinas quitanieves acabarán por llegar al pueblo, pero eso puede ocurrir dentro de dos o tres días. Con suerte. De todas formas, llamo a la centralita de la estación de autobuses, sólo para confirmar que, efectivamente, hoy no hay autobuses. Eso sí, me reembolsan el dinero de mi billete para que pueda cambiarlo por otro. No me pueden hacer el cambio en el momento porque no tienen ni idea de cuándo reanudarán el servicio.

–Fantástico –gruño–. Voy a llamar a la casa a ver si me pueden alargar la estancia. Aunque no sé qué problema iban a tener, si estoy sola.

Vuelven a intercambiar miradas. Otra vez.

–¿Podéis dejar de hacer eso?

–Quédate aquí –dice José Luis–. Que tenemos calefacción central.

Miro a Ángel, pero él agacha la cabeza.

–Mejor no. No quiero que vuestro hijo se pase las siguientes noches durmiendo en el sofá.

–No creo que anoche durmiera en el sofá, precisamente.

–Sole, cállate –reprende Ángel.

–Creo que mejor me quedo en la casa, de verdad. Será más cómodo para todos. Y ahora, si me perdonáis, tengo cosas que hacer.

Intentan convencerme de que me quede, al menos, a pasar el día. Sobre todo Sole, que insiste una y otra vez.

–Pero si es que te vas a ir sólo para que volvamos a vernos dentro de unas horas.

–¿Vamos a quedar hoy?

–Mujer, ya que no te vas, digo yo que querrás seguir con lo de tu madre...

–Pensé que ya no me ibas a necesitar.

–Y no te necesito. Pero creo que te va a

gustar ver lo que vamos a montar hoy.

—¿"Vamos"? ¿Quiénes?

—No pienso contarte nada. Tendrás que verlo tú misma.

Lo reconozco, me pica la curiosidad.

—Está bien —cedo—. Me paso por aquí esta tarde y me cuentas.

—No. Hoy nos vemos en la plaza del pueblo. A las ocho.

Asiento, me despido de todos, recojo mis cosas y me vuelvo a la casa.

Cuando llego, tengo ganas de subirme directa a la habitación, pero... de nuevo, me puede la curiosidad. Me acerco a la recepción, donde la sempiterna señora que creo que vive detrás sigue con su libro.

—Hola —saludo.

—Mpf.

Por dios, que hemos compartido una experiencia traumática y ayer fue amable. ¿No va siendo hora ya de que cambie su actitud?

—¿Podemos hablar?

—¿Es importante?

—No. Pero me gustaría.

Cierra el libro, lo deja sobre el mostrador y cruza las manos sobre el pecho. Muy receptiva, sí señor.

–Tú dirás.

–¿Y si nos tomamos un café?

Duda, pero al final asiente, coloca sobre la recepción un cartel de "volveré en seguida" (no sé para qué, si aquí nunca hay nadie) y me acompaña a la zona de desayunos, porque dice que no quiere alejarse mucho de la casa en horario laboral. Me sorprende. No que no quiera alejarse, sino que tenga horario laboral.

Una vez ubicadas en el salón que, como no podía ser de otra forma, está vacío, me sirve un café recién salido del termo. Le doy un sorbo. Está asqueroso.

–¿Te puedo tutear? –pregunto.

–Supongo.

–Genial. ¿Cómo te llamas?

–Adolfina.

–Hostias –se me escapa–. Uy, perdón.

–Tranquila. Mi madre era una señora muy... antigua.

–Yo soy Blanca.

–Ya. Como ya te he dicho, he visto en tu reserva. Y es la segunda vez que te presentas.

–¿Puedo serte franca, Adolfina?

–Si no queda más remedio...

–¿No te parece que eres demasiado brusca para ser la dueña de una casa rural?

Pienso en mi amiga Eli, siempre dispuesta a hacer feliz a todos sus clientes. Y a llenar el restaurante de comida casera. Y a contagiar su espíritu navideño a cualquiera que se acerque.

Aunque, para ser justos, su marido, Jaime, me explico que, antes de conocerla, ella no era exactamente así.

–Es que la casa no es mía, yo sólo echaba una mano de vez en cuando. Es de mi marido, pero ha tenido a bien ponerse enfermo justo en estas fechas y...

–Ah, claro, por eso está todo tan desangelado y sin decorar aún.

–No. Siempre está igual.

Ups.

–¿Y no habéis pensado... no sé... poner un arbolito o algo?

–¿Para qué?

–Adolfina... es casi Navidad. De hecho, sólo faltan cuatro días para Nochebuena.

Y, a este paso, yo me veo celebrándola aquí, con esta señora arisca.

–Pero si a este pueblo nunca viene nadie a celebrar las fiestas.

–¿Por eso participaste en el tinglado de anoche?

Ella se lo piensa un poco. Yo le doy otro sorbo al café. De verdad, está malísimo.

–Te voy a regalar una maquinita de esas de capsulitas.

–El café se toma así, fuerte. Y respecto a lo de anoche... más o menos. A mí también me gustaría que volviera la Navidad. Antes de tu madre...

Se muerde el labio. Yo no recuerdo nada antes del "reinado" de mi madre, así que me interesa mucho.

–¿Sí?

–La plaza se llenaba de luces y, en el centro, había un árbol enorme. José Luis se vestía de Papá Noel y llevaba un saco a la espalda lleno de detallitos. Iba con una campana llamando a los críos...

Se le empañan los ojos.

—¿Habéis dejado de hacer todo eso sólo porque mi madre no pone la decoración?

—El primer año no. Ni el segundo. Pero cuando todo el esfuerzo recae sobre un par de vecinos no hay nada que hacer. Con el tiempo, José Luis se cansó de tirar por el pueblo y se ciñó a la fiesta de su casa.

Maldigo las ideas de mi madre. Y que nadie quiera asumir la responsabilidad de cambiar las cosas, eso también.

Adolfina se acaba el café de un trago. Estoy segura de que le provocará una úlcera. Yo clavo la mirada en el mío, un poco triste.

—En fin, ha estado bien la charla, Blanca. Gracias. Que tengas buen día.

—Gracias a ti por abrirte.

—Nos vemos esta noche.

Levanto la mirada y me la encuentro guiñándome un ojo. Mientras sale, de vuelta a su hábitat, no puedo evitar sonreír.

***

A las ocho menos diez estoy en la zona de

recepción. Adolfina no está y sobre el mostrador vuelve a estar su cartel de "no molestar". Supongo que habrá salido a comprar o, yo qué sé, a ver si su marido sigue vivo. No le doy muchas más vueltas. Me coloco el chubasquero horrible que ella me ha dado, aunque no llueve, porque toda capa de ropa es bienvenida con el frío que hace. Salgo a la calle y echo a andar calle abajo. Los pies se me hunden en la gruesa capa de nieve.

Antes de ver si quiera la plaza del pueblo, oigo la música. Creo que, de fondo, hay un megáfono. Aprieto el paso hasta que llego. Y me quedo boquiabierta.

Colgadas entre las farolas de la plaza, hay tiras con lucecitas de colores. Cuando me acerco, me doy cuenta de que son las típicas que todos tenemos en casa para decorar el árbol de navidad, y alguien las ha atado, unas a otras y a los postes, de forma que ilumina la plaza entera con una caótica mezcla de azul, verde, rojo y amarillo. En el centro, veo a un montón de gente del pueblo rodeando a Sole, que sostiene un pequeño megáfono en la mano para dar órdenes a todo el mundo. Junto a ella, su hermano está colocando bolas en un árbol que, aunque no es gigante, desde luego es más alto que él.

Me acerco al grupo de gente y me abro paso hasta llegar a mi amiga.

—Pero ¿qué habéis montado aquí?

—Hoy toca el fantasma del presente.

Como lo dice a través del cacharro que tiene delante de la cara, casi me deja sorda. Lo aparto de un manotazo.

—Y como toca el fantasma del presente ¿se os ha ocurrido montar un tinglado como los que había antes de que ella fuera alcaldesa? ¿Tú sabes lo que significa "presente"?

—No —gruñe su hermano.

—Sí. Todo está perfectamente planificado —dice ella, y vuelve a ponerse el megáfono en la cara para dar una nueva orden—. ¡Jorge! ¡Esa luz está torcida!

Me giro hacia donde mira mi amiga y veo que mi ex está, efectivamente, encaramado a una escalera. Se agarra a ella con una mano, intentando mantenerse sobre ella y, con la otra, da vueltas a una guirnalda de luces en uno de los brazos de la farola.

–¿Tenías que pedirle ayuda a Jorge?

–Yo no sé si te has fijado en que la media de edad de este pueblo sobrepasa lo razonable para subir a nadie a una escalera sin que acabe en una prótesis de cadera.

Ahora entiendo el mal humor de Ángel. Tampoco sé cómo reaccionar con él porque, desde que me he ido esta mañana, no hemos hablado. El cuerpo me pide acercarme y besarle. La cabeza, prudencia. A fin de cuentas, cada uno se irá por su lado en cuanto podamos.

Jorge termina de colocar las luces, se baja y me ve, así que viene a donde estoy yo.

–Hola, princesa.

Detrás de mí, Ángel suelta un bufido.

–Ya he terminado, Sole. Voy a cambiarme.

Ella asiente, pendiente del espectáculo. Yo no le detengo. No me interesan nada las escenas de celos y menos cuando sólo nos hemos acostado una vez. Bueno, dos. Que se coma él solo la cabeza si le da la gana.

Pero, desde luego, eso no quita para que lo de Jorge me esté empezando a tocar los ovarios.

–No soy tu princesa.

—Te he pedido perdón.

—Y yo te he dicho que no quiero volver, por dios.

—¿No me echas de menos?

—¿Un año después de que me dejaras porque ya no era suficiente para ti? No.

—¿Qué puedo hacer para que me perdones y vuelvas conmigo?

Me pongo seria. Estoy harta.

—Jorge, ya basta. En serio. Respeta mi decisión, respétame a mí como persona, acepta un no por respuesta y déjame vivir.

—Pero...

Sole da un paso hacia nosotros.

—Tío, en serio, eres muy pesado. Y santa paciencia que tiene Blanca, porque si soy yo, ya te hubiera puesto una orden de alejamiento.

—Yo...

Niego con la cabeza.

—Por favor.

Al final asiente, da un paso hacia atrás y ya no vuelve a mirarme.

—¿Necesitas algo más, Sole?

—No.

Se va, y yo me encaro a ella.

—Anda, que tú también...

—No lo pensé, la verdad. Pero tienes razón, no debería haberle hecho venir.

Cuando quiero contestar, no me da opción. Mira impaciente su reloj de pulsera y da una palmada en el aire para llamar la atención de todos los que están aquí, ultimando detalles.

—¡Casi es la hora! ¡A vuestros puestos! —baja la voz para dirigirse a mí—. Y tú, vete a casa a echarle una mano a Ángel. Toma, mi llave. Mis padres no están.

No me da opción a replicar nada porque se pone a hablar con unos y con otros, a dar órdenes y, en definitiva, a cualquier cosa que implique no hablar conmigo.

Pero, como tampoco me parece mala idea estar un ratito a solas con Ángel, cojo la llave y me voy a su casa, dejando atrás su sonrisa. Menuda Celestina está hecha.

Uso la llave para entrar en el portal, pero no me atrevo a usarla para entrar en su casa. No quiero invadir así la intimidad de nadie. Al menos, de nadie que no sea mi madre. Así que llamo al timbre y espero. Oigo los pasos de Ángel hasta la puerta, cómo descorre la mirilla... y nada más.

—Ángel, ábreme para que podamos hablar como adultos.

Como no me hace caso, me encojo de hombros y me doy la vuelta para marcharme por donde he venido. Justo en ese momento, oigo cómo se abre la puerta y su voz reverbera en el rellano.

—Pues sí que te has dado pronto por vencida.

—¿Para qué?

—No sé, para pelear por mí —bromea.

—No soy de esas.

No dice nada, pero se aparta para dejarme entrar. Le miro al pasar. Va entero vestido de negro, con unos vaqueros y un jersey de cuello cisne que se le ajusta al pecho de una forma que...

—¿Seguís juntos?

Me obligo a mirarle.

—Perdona, ¿qué?

—Que si seguís juntos. Jorge y tú.

—No. Y de todas formas el numerito de chico indignado porque otro tío ha venido a robarle a su chica no te pega nada. Nos hemos acostado una vez. No es que nos hayamos jurado amor eterno.

–Dos.

Una sonrisa torcida, a lo Harrison Ford, le cruza la cara. De pronto, me muero por morderle el labio. Agh.

–Bueno, pues dos.

Da un paso hacia mí y tira del bajo de mi chubasquero para conseguir que yo dé otro paso hacia él. Estamos tan juntos que siento el calor de su aliento en mi boca.

Joder, qué calor de repente.

–Podrían ser tres.

Sus labios rozan los míos, sin llegar a besarme.

–Si os vais a poner a *pinchar* en el recibidor de casa, cerrad la puerta, mamones.

Me separo de Ángel como si me hubieran tirado encima una jarra de agua hirviendo. Él suelta una carcajada.

–¿Qué haces aquí, hermanita?

–Venir a controlar que no perdéis más tiempo de la cuenta. Que todavía me jodéis el plan.

–¿Y para qué me mandas venir a buscarle

entonces?

—Porque conozco a mi hermano y si se enfurruña lo mismo me deja plantada. ¿Estás listo ya?

—No. Déjame media hora y...

—O tres cuartos de hora —añado.

Sole le tira el pasamontañas al pecho.

—Te espero abajo en tres minutos.

Y... madre mía, qué tres minutos.

# Capítulo 10

Llegamos al portal con los labios rojos, hinchados, y curvados en una sonrisa tonta. Sole le da toquecitos al reloj con un dedo.

—¡Os había dicho tres minutos! ¡Vamos tardísimo!

—Pero ¿no se supone que los espíritus de Dickens se manifiestan como a la una? —pregunto—. ¡No son ni las nueve!

—Sí, claro, como si pudiera tener a todo el pueblo despierto hasta la una de la mañana.

—¿Para qué demonios necesitas a todo el pueblo?

—Ya lo verás.

–Si es que no sé para qué pregunto...

Tira de mi mano y me arrastra en dirección al portal donde vive mi madre. Una vez allí, Ángel vuelve a colocarse el pasamontañas sobre la frente.

–Bueno, te pongo un poco al día –dice Sole–. Hoy vamos a necesitar la colaboración de tu madre, así que casi mejor que estés presente.

Me explica qué vamos a hacer y cómo puedo ayudar, pero o muy poco conozco a mi madre, o creo que no le va a gustar un pelo. Ángel me da la razón.

–Estoy viendo que nos vamos a llevar un guantazo.

–Inés tendrá muchas cosas, pero violenta no es, hermanito. Hale, al lío.

Mi amiga nos da una palmadita a cada uno y se va dando saltitos. Ángel me hace un gesto para que, como ayer, abra la puerta del portal. Aprovechamos el –cortísimo– viaje en ascensor para volver a besarnos como si no hubiera un mañana y a punto estamos de mandar a tomar por saco el plan, pero, al final, la ilusión y las ganas que Sole le ha puesto a todo esto nos empujan a seguir adelante. Esta vez, mientras Ángel se coloca el pasamontañas yo llamo al timbre, como personas civilizadas, porque no estoy cómoda entrando en casa sin avisar después de lo de ayer, por mucho que sea la de mi madre.

Tarda mucho en abrir. Tanto, que estoy a punto de decirle a Ángel que nos vayamos. Sin embargo, al final escuchamos cómo manipula la cerradura y aparece ella, que se coloca bajo el marco para impedirnos el paso a su casa. Tiene el ceño fruncido y emite un sonoro suspiro.

—Dios mío, sois incansables.

Lo dice con un tono de cansancio extremo. Por un momento siento lástima. De ella, de su forma de ver la vida, de la escasa facilidad que tiene para disfrutar y, para qué engañarnos, de su falta de sentido del humor.

Ángel no se deja amedrentar. Abre los brazos y empieza con su función.

— Soy el fantasma de la Navidad del Presente —suelta—. ¡Mírame!

Me muerdo la lengua para no reírme. Mi madre, en cambio, bufa. Mi acompañante sigue con lo suyo.

–¡Nunca has visto nada como yo!

–Gracias a Dios –contesta ella.

–Yo juraría que la segunda noche Scrooge ya empieza a poner de su parte –digo.

–Tu madre es un hueso duro de roer.

–¿Sabéis que os estoy oyendo, verdad?

–En fin, Inés, se supone que tú deberías haber dicho algo como que ya estás dispuesta a escuchar lo que tenemos que decir y ahora me tocaría decir: ¡Toca mi manto!

–Pero ¿qué manto?

Doy un paso hacia ella y le enseño el antifaz rojo, con renos, que me ha dado Sole. Es un momento crucial: o colabora, o aquí se acaba el plan de hoy.

–Madre, por favor, pon un poco de tu parte. Sé que no te gustan estas... tonterías. Pero lo hacen con todo su cariño. Por favor. Sólo esta noche. No te molestaremos más.

Me duele soltar esa palabra porque, para qué engañarnos, yo también estoy a tope con este ridículo plan y tengo una pequeña esperanza oculta en el fondo de mi corazón de que, al final, ella cambie. Le suplico con la mirada que acepte.

Ella me mira, mira el horroroso antifaz y suelta otro suspiro antes de coger el abrigo, calzarse y... ponérselo.

–Último favor que os hago. Y cuidado con dónde me lleváis, que soy una señora mayor y delicada de salud.

No es una cosa ni otra, pero dramática sí, y un rato largo. Apoya una mano en cada uno de nuestros hombros, yo misma cierro la puerta antes de irnos. A partir de aquí, no tengo ni idea de cómo va a desarrollarse la cosa, pero me callo. Ángel, más seguro que yo, nos guía a las dos a través de la plaza del pueblo. Es impresionante porque, a pesar de estar llena de gente que espera el momento adecuado para representar su show, todos están quietos y en silencio, colocados en sus sitios y esperando que pasemos.

Al fin, llegamos a una de las calles paralelas, donde ya está la estampa de la noche formada. Adolfina, la dueña de la casa, está de pie, junto a Ricardo, bajo una de las farolas. El resto de la calle está sumida en la oscuridad, y es que aquí la iluminación es aún peor que en el resto del pueblo. Ella asiente, yo me lo tomo como una señal, le quito el antifaz a mi madre y nos colocamos detrás de ella. Antes de que pueda hablar, ellos dos comienzan su show.

—Voy a tener que decirle a Severino que cierre la casa, Ricardo —empieza Adolfina.

—¿Por qué?

—Se supone que estamos en temporada alta. Pero sólo tenemos una cliente. Y no te creas tú que me cae muy bien.

Frunzo el ceño, pero ella me mira y me guiña un ojo. Me río.

—Si le cierras el negocio a tu marido le das un disgusto, Dolfi.

—Ya, pero... —Niega con la cabeza—. ¿Sabes que tengo conocidos que tienen casas rurales en pueblos donde en estas fechas están a reventar?

Sé que una de ellas es Eli y tengo una idea. No debería intervenir porque no sé qué tal improvisarán, pero no lo puedo evitar. Saco el móvil del bolsillo y rebusco en mi galería hasta que encuentro un vídeo del año que estuvimos en aquella casa que parecía la aldea de Papá Noel. Lo coloco delante de la cara de mi madre y le doy al *play*. A mi madre se le cambia el gesto al ver la decoración, los gritos de la gente por la casa, el árbol con regalos y las mesas llenas de dulces navideños, pero no dice nada.

Ricardo y Adolfina no se sorprenden. Sólo esperan a que termine y siguen con su espectáculo. Menudos actorazos están hechos.

–¿Y si lo intentamos nosotros, Dolfi?

–¿El qué?

–¡Celebrar la Navidad como hacíamos antes!

–La verdad es que en algunas casas ya se hace...

Esta vez me mira directamente y Ángel, a la vez, me aprieta la mano. Sé lo que tengo que hacer, así que vuelvo a buscar en mi *smartphone* hasta dar con las fotos y vídeos de la cena del sábado en casa de los padres de Sole y se las muestro a mi madre. Se muerde el labio.

–Vamos, Dolfi, quiero enseñarte algo...

Echan a andar y nosotros los seguimos hasta la plaza del pueblo, donde ha vuelto la vida. Todas las guirnaldas de luces están encendidas, el árbol está a reventar de adornos, alguien ha instalado un minúsculo puesto de castañas que huele que alimenta y hay otro vecino ejerciendo de barquillero, con su ruleta y unas cestas de mimbre. Reconozco al padre de Ángel y Sole vestido de Papá Noel, caminando por el pueblo con un saco al hombro que parece que está lleno de regalo, mientras agita una campana. Detrás de él corren algunos niños, que gritan lo que quieren para Navidad. Y todo esto, sobre un metro de nieve, convierten a nuestro pueblo en una postal idílica de Navidad. Yo, que esto no lo he vivido nunca, me emociono hasta el punto de que se me pone un nudo en la garganta. Mi madre tiene los ojos muy abiertos y observa la escena que transcurre frente a nosotros como si nadie pudiera vernos.

—Pero...

Ángel deposita una mano sobre su hombro.

—Es real, Inés. Este año celebraremos la Navidad.

Ella da un paso hacia delante. Y luego, otro. Se acerca, despacio, como un animal herido, hasta el puestecito de castañas que sabe dios de dónde habrá salido. Nosotros la seguimos, y todos los vecinos la dejan pasar hasta hacer un corro a su alrededor.

−¿Me pone un cucurucho, por favor?

El hombre, a quien no reconozco, esboza una sonrisa y se lo prepara en un momento. Cuando se lo tiende, mi madre se lo coloca entre las manos, como si quisiera calentárselas. Y, justo en ese momento, una lágrima le rueda por la mejilla.

−Mi abuelo siempre me compraba castañas cuando era pequeña.

Entonces, el recuerdo de una conversación con ella me atraviesa. Y lo comprendo. No es que mi madre sea el Grinch. Es que, desde que su abuelo murió, nadie celebró la Navidad con ella. Sus padres trabajaban y viajaban mucho, y no distinguían un día de otro.

No odia la Navidad. Es que, desde que era una niña muy pequeña, nadie ha sabido disfrutarla con ella.

Quiero abrazarla. Quiero decirle que todo eso puede cambiar si nos deja quedarnos a su lado, pero no tengo ocasión de hacerlo, porque sale corriendo mientras abraza su cucurucho de castañas.

# Capítulo 11

Ángel y yo nos quedamos hasta tarde en la plaza del pueblo y he comprendido que, en efecto, no todo ha sido un montaje. Este año, hartos de constreñirse a los deseos de la alcaldesa y seguramente motivados por el entusiasmo de Sole, han decidido celebrar la Navidad, tengan su consentimiento o no. Así que nos hemos quedado por allí rodeados de vecinos, hemos comido castañas y bebido chocolate caliente que Ricardo trajo de su bar. En torno a la una de la mañana nos descubrimos comiéndonos la boca en un portal. A las dos nos enredamos entre mis sábanas, ya sin miedo a ser descubiertos.

Y ahora que una luz gris entra por la ventana y él duerme a mi lado, yo no puedo dejar de darle vueltas a la cabeza. Veo, sentada en la cama, mi cámara. Está sobre la mesa, donde la coloqué hace ya unos días. No he conseguido buen material... ni me importa. Desde que llegué aquí, siento que esa vida ya no es para mí. Demasiada tensión. Demasiadas preocupaciones. Demasiadas cosas que tener bajo control. Demasiados viajes que ya no tengo ganas de hacer. Pero... ¿qué va a ser de mí entonces?

Ángel se revuelve a mi lado y se incorpora hasta darme un beso suave en el hombro.

—Te escucho pensar desde mi cabeza.

—Me ha dado una crisis existencial.

—¿Después de hacer el amor conmigo? Creo que es lo más bonito que me han dicho nunca.

—No, idiota. En general. —Señalo la cámara con la cabeza—. Creo que ya no es para mí.

—Lo sé.

—¿A qué te refieres?

—Desde que te la dejas aquí estás más... libre. Más tú.

—El problema es que es lo único que he hecho con mi vida. ¿Qué voy a hacer?

Él, para mi sorpresa, se ríe.

—Tienes veintisiete años, experiencia, seguidores... puedes hacer lo que te dé la real gana.

El abismo ante mis pies se cierra un poquito. Abro la boca para darle las gracias, pero el móvil de Ángel empieza a sonar y retumba por todas partes. Se agacha para recoger el pantalón del suelo y lo saca del bolsillo.

—Hola, hermanita. Sí, estoy con ella. — Después de una pausa, me tiende el móvil—. Dice que quiere hablar contigo.

Lo cojo, a regañadientes. No me apetece dar explicaciones.

—Dime, Sole.

—Tienes el móvil apagado.

—Oh, vaya. Se me habrá quedado sin batería.

¿Quién soy yo y qué he hecho con la chica

súper conectada que era antes de venir al fin del mundo?

—Bueno, da igual. El caso es que te he estado llamando porque ya han restaurado el servicio de autobuses.

—Ah.

No digo nada más, porque me pilla de sorpresa. Y porque saber que puedo volver a Gijón, donde no me espera nadie, me revuelve ligeramente las tripas. Creo que mi amiga lo detecta.

—¿Por qué no te quedas una noche más, Blanca? Sólo hasta que terminemos con lo del cuento de Navidad. No querrás irte sin saber si convertimos a tu madre en la persona con más espíritu navideño de la faz de la tierra.

Dudo que eso ocurra, pero... ¿Y si lo consiguen? ¿Quiero de verdad perderme las que podían ser las primeras navidades de celebración con ella? Y aunque no lo consigan... ¿De verdad quiero irme ahora que el pueblo promete unas fiestas dignas de ser disfrutadas?

Sonrío.

—Está bien. Una noche más.

–¡Nos vemos a las ocho!

No me despido, porque Ángel ha decidido que tenemos que aprovechar el tiempo que nos queda hasta la próxima locura de su hermana.

***

A las seis bajo a recepción con mi sudadera vieja, las zapatillas del viaje y los vaqueros desgastados. Me planto delante del mostrador y le quito a Adolfina el libro de las manos.

–¿Qué haces? –gruñe.

–Si la Navidad ha llegado al pueblo, creo que también debería entrar en esta casa.

–Uy, quita, qué pereza.

–Para eso estoy yo aquí.

–¿No tienes cosas mejores que hacer? ¿Dónde está el crío de la Lola?

–En su casa, ayudando a su hermana con lo de esta noche. Bueno, ¿qué? ¿Me vas a ayudar a decorar, o voy a tener que hacerlo todo yo sola?

–Pero ¿por qué no se puede quedar la casa así y ya está?

–Porque creo que anoche fuiste sincera con lo que dijiste, y te voy a ayudar a llenar la casa este fin de semana. Pero tienes que poner de tu parte,

Dolfi.

—Adolfina.

—Venga, Dolfi. Va.

A regañadientes, sale de su refugio y entra en un cuarto cercano. Sale con cajas polvorientas y, bajo el brazo, un árbol de navidad de plástico.

—Qué es eso —señalo.

—¿Cómo que qué es eso? Un árbol. ¿No lo ves?

—No, un árbol no puede ser porque le faltan ramas. Y hojas. ¿No será un esqueleto?

—Ja, ja.

—No podemos poner eso, Dolfi.

—Adolfina.

—Lo que sea. Que no podemos poner eso.

—Pues es lo que hay.

Rebusco entre las cajas. La mitad de las bolas están rotas, a gran parte de la decoración se le ha caído la purpurina y el espumillón está igual de mustio que el árbol.

Suspiro.

—¿Cuántos años tiene esta decoración?

—¿En qué año naciste?

—Ay, mira, déjalo. —Saco el móvil del bolsillo

de la sudadera y pulso el botón de llamada–. ¿Sole? Crisis de emergencia. ¿Tenéis decoración navideña de sobra en casa?

Me garantiza que todos los años su madre compra más cosas de las que cogen físicamente en ese piso y que en seguida me manda a Ángel con lo que no han usado este año.

–Pues hale, arreglado –le cuento a Adolfina, que no hace más que fruncir el ceño–. Mientras llega, ¿me enseñas la cocina?

Como ya está de muy mal humor, me guía hasta la minúscula cocina, junto al comedor.

–Si abro la nevera y la despensa ¿habrá algo más que cruasanes de bolsa?

–Sí. Mi Severino siempre lo tiene todo bien surtido.

Paso de preguntar por qué no lo usa y, en su lugar, me remango la sudadera y me aventuro a abrir puertas y cajones. Saco del cajón de mi memoria la receta del bizcocho y las galletas de especias que suelo poner por estas fechas en mi casa, para cuando vienen invitados. Para el pan casero no hay tiempo, pero, como encuentro un bote de mermelada de frutos rojos, lo aprovecho para hacer también unos *cupcakes* rellenos. Entre medias, ha venido Ángel, y Adolfina me ha dejado sola para ayudarle a colocarlo todo, con cierto temor a que incendie su cocina, sin tener en cuenta que hace tiempo que vivo sola y ninguna cocina ha sido dañada en el proceso.

Cuando el bizcocho está hecho, meto las galletas en el horno y subo a recepción con mi primera creación culinaria de la tarde entre las manos enguantadas. Ángel ha traído un árbol tan grande que roza el techo de la casa y lo ha llenado de bolas que, para mi descojone personal, no guardan ningún parecido entre sí. Ni siquiera son del mismo color. Es más, entre las ramas hay espumillón dorado, rojo y azul. Ha quedado espantoso, para qué nos vamos a engañar.

Me da la risa.

—Es horrible —digo, cuando consigo controlarme.

—Lo sé, mis padres me han dado lo que había por casa y...

—A mí me parece ecléctico —dice Adolfina.

Ahora nos da la risa a todos. Ángel me coge de la mano y me acerca a él para darme un beso suave.

—Falta por poner la estrella, pero no llego, ¿me ayudas?

Asiento y me dispongo a preguntarle a Adolfina si tiene una escalera, pero él me pone la estrella en las manos, me coge entre los brazos y me alza sobre su cabeza. Muy Dirty Dancing todo, pero sin baile y sin que yo sea grácil cual bailarina. Suelto un gritito mientras Ángel nos hace girar. Él se ríe, yo me río, y Adolfina nos mira con dulzura. Veo que saca su móvil del año de la pera y nos hace una foto. Me vendrá bien para recordar este momento cuando...

Ángel camina, conmigo aún en brazos. Vuelvo a gritar hasta que noto el árbol a mi espalda. Estiro un brazo para colocar la estrella en la punta. Sonrío. Él me deja caer, deslizándome sobre su cuerpo. Cuando toco el suelo, me coge la cara entre las manos. Creo, por un instante, que me va a traspasar con la mirada. Me besa. Me besa con intensidad. Como si fuera el último beso de nuestras vidas.

Se me pone un nudo en la garganta. No creo que sea el último, pero ya nos quedan pocos.

Pensarlo, ser consciente, hace que me falte el aire. Y, entonces… me doy cuenta. Puede que nos hayamos reencontrado hace sólo cuatro días, pero… no me apetece separarme de él.

Me aparto y trago saliva. Él sigue mirándome de la misma forma. Y sé, porque lo sé, que se muere por pedirme que no me vaya. Pero no lo va a hacer, porque él tiene una vida lejos de aquí. Porque yo tengo una crisis que resolver y una minúscula casa en una ciudad del norte a la que volver.

Adolfina carraspea para romper el momento y arruga la nariz cuando la miramos.

—¿No os huele a quemado?

—¡Ostras! ¡Las galletas!

Salgo pitando a la cocina. Del horno sale humo y, cuando saco la bandeja, compruebo que mis galletas están carbonizadas. En fin, por suerte tengo más masa preparada, así que le doy forma mientras horneo los *cupcakes* rellenos. Cuando todo está terminado, lo subo por tandas a recepción. Adolfina ha colocado una mesa en medio del espacio y lo ha cubierto con un mantel que ha traído Ángel y que tampoco pega con nada del resto de la decoración. Sobre ella ha puesto el bizcocho, ya frío, y unos platos. Yo coloco todo lo demás hasta cubrir la mesa. Echo un vistazo nada disimulado a mi alrededor.

—Ha llamado su hermana —explica Adolfina—. Y ha salido pitando. Dice que os veis a las ocho en su casa.

—Ah. Vale.

Ella me mira de reojo.

—Se ve que os gustáis mucho.

Finjo que no sé muy bien de qué me está hablando. Pero sí que lo sé. Es la química. La conexión. La intensidad que se nos escapa en cada beso.

—No sé. Supongo.

—Ay, chiquilla...

—No quiero hablar de eso, Dolfi.

—Adolfina.

—Si Dios quiere, me iré mañana y seguiré con mi vida.

—Entiendo.

—Quizás le dé una vuelta a mi canal de YouTube.

—Ajá.

—O puede que me busque un trabajo por cuenta ajena.

—Muy bien.

Cojo una galleta y la mordisqueo.

—La verdad es que no entiendo qué me pasa, Dolfi.

—Adolfina.

—Es pensar que tengo que subirme mañana a ese autobús del infierno y tener la impresión de que me van a cortar un brazo o algo así.

—Ay, chiquilla... —repite—. Que te has enamorado.

—¿En tres días? No, qué va. Yo no soy de esas.

Ella chasquea la lengua. Luego señala la mesa, llena de dulces.

—¿A cuánta gente habéis invitado a invadir la casa?

—A todo el pueblo —confieso—. Pero será después de la última sesión.

—¿Y a qué hora has quedado?

—A las ocho. Como siempre.

Como siempre. Qué fácil es establecer una rutina...

—Bien, tenemos tiempo. Coge otra galleta y una silla, que voy a contarte cómo acabé aquí...

# Capítulo 12

Adolfina vino hace una vida entera a este pueblo, con sus padres, a pasar unas navidades blancas... y ya nunca se fue. Conoció a Severino una noche que paseaba a solas por la plaza del pueblo, observando las luces que, en aquel entonces, decoraban el pueblo. Según sus propias palabras, "sufrió" un amor a primera vista que ya no le permitió volver a la vida de su ciudad natal porque, el día que Severino y ella se despidieron, a Adolfina se le rompió el corazón en mil pedazos. Él no le pidió que se quedara. Ella no se lo planteó porque era una locura.

No habían recorrido ni tres kilómetros de camino cuando ella le pidió a sus padres que pararan su modernísimo *dos cavallos* para bajarse y volver con él. Como en una de esas películas americanas, corrió de vuelta a sus brazos. Y ya nunca se marchó.

Salgo de casa con un nudo en la garganta. Ella ha sido feliz aquí, a su lado. Acompañándole en la aventura de su casa rural. Trabajando como maestra en el pueblo vecino. Y sé que me lo ha contado para animarme a dar un paso adelante, pero... La realidad es que no es tan sencillo. Ángel no vive aquí, sino en Valencia. ¿Me mudaría con él? ¿O él conmigo?

¿Podríamos encontrar un punto medio?

Dándole vueltas a todo, llego a su portal con ganas de llorar. Llamo al timbre con el automático puesto y, mientras hago respiraciones profundas para concienciarme de disfrutar a tope de la última noche y de la locura navideña que se ha apoderado de este pueblo, llego a la puerta del piso y toco el timbre. Voy tan ensimismada en mis pensamientos, que supongo que por eso no percibo el ruido que viene del interior de la casa hasta que Sole me abre la puerta.

–Gracias a Dios que has venido –me suelta, y tira de mi mano para meterme dentro de casa–. Está aquí tu madre.

–¿Mi madre?

–Sí.

Entro sin entender nada y me encuentro algo que pensé que nunca, en mi vida, iba a ver.

Mi madre está en el salón de Sole... Vestida de Elfo de Navidad. No contenta con eso, tiene al lado un peluche enorme que tiene forma de reno.

–Pero que coñ...

–Hola, hija.

Miro primero a Sole, que no es capaz ni de bajar las cejas de la sorpresa. Luego a Ángel, que se tapa la boca en un torpe intento de no soltar una carcajada. Su madre está en el umbral, con la boca tan abierta que creo que la mandíbula le va a tocar el cuello.

Devuelvo la mirada a mi amiga.

–Llama al psiquiátrico. Tenemos un caso de paranoia grave.

Mi madre suelta un bufido.

—No tengo ninguna paranoia —gruñe.

La vuelvo a mirar de arriba abajo. Lleva unas mallas a rayas verdes y blancas, una falda de tul y un jersey bordado con un regalo, guantes, unos zapatos con un enorme pico puntiagudo que termina en un cascabel y una especie de gorro de bufón. Todo verde. Y, a ver, no es que sea la primera vez que vea a mi madre con nada que recuerde a la Navidad, es que es la primera vez en mi vida que la veo disfrazada. Así, en general.

Me vuelvo a dirigir a Sole.

—Hazme caso. Psiquiátrico. Urgente.

—Ángel —dice ella—. Busca a ver cuál es el más cercano.

—Pero ¿me queréis escuchar?

—¿Cuánto tiempo lleva aquí? —pregunto.

Por primera vez, la madre de Sole y Ángel cierra la boca para poder hablar.

—Un cuarto de hora, más o menos.

—¿Y habéis notado algo más raro? ¿Como que se haga llamar Rudolph o algo así?

—A ver —interrumpe mi madre—. Escuchadme. No me he vuelto loca.

—Mujer, normal, normal, no estás —interviene

Ángel.

Se desata un murmullo entre nosotros, sopesando la posibilidad no sólo de que le haya dado algo, sino de que haya consumido algún tipo de estupefaciente. Harta ya de aguantarnos, mi madre da una palmada fuerte en el aire. Todos nos callamos y la miramos.

–Ayer... anoche al fin comprendí cuánto daño os he hecho. A fuerza de imponeros mis navidades os he ido sumiendo en la obligación de celebrar a puertas cerradas, os he quitado clientela y, lo peor... os he arrebatado la ilusión. Y, aunque a lo largo de los años ya me lo habíais dicho, sólo a fuerza de tenerlo antes mis ojos he sido consciente de cuánto daño os he hecho.

–Inés...

–Déjame acabar, Lola. Dudo que vaya a convertirme ahora en la señora de Papá Noel, pero quiero ayudaros a celebrar. Y... quiero vivirlo con vosotros. Dejar atrás mis fantasmas.

Me guiña un ojo. A mí se me saltan las lágrimas.

–¿Y era necesario ese disfraz para explicarnos esto? –pregunta Ángel–. Porque, sin ánimo de ofender, es feísimo.

—Es mi bandera blanca. Y, además, es necesario para lo que se viene esta noche. ¿O acaso no sabéis que falta un espíritu por llegar?

Ángel, Sole y yo intercambiamos miradas. Es mi amiga quien contesta.

—El fantasma de la navidad futura.

—No pienso permitir que me mostréis un futuro espantoso en el que yo estoy muerta, nadie me recuerda y vosotros por fin tenéis la Navidad que merecéis. Como con esta decisión he cambiado el destino, creo que ahora sois vosotros los que tenéis que ver qué se avecina los próximos años.

No me contengo más. Me lanzo hacia ella para abrazarla.

—Madre…

—Llámame mamá, Blanca. Por favor.

Ella, por primera vez en años, me envuelve con fuerza entre sus brazos y yo, de pronto, vuelvo a tener cinco años y, al fin, mi madre está aquí para consolarme.

A nuestro alrededor, resuenan los aplausos.

—Nunca pensé que viviría para ver esto –

dice Sole.

—Dramática como ella sola.

—Bueno, ¿nos vamos?

Nos soltamos y salimos de casa formando una pequeña procesión rumbo a la plaza del pueblo. Allí, una cantidad ingente de técnicos trabaja a un ritmo vertiginoso. Ya han levantado un árbol que tiene la altura del ayuntamiento y están colocando la decoración. Algunas luces ya están puestas entre las farolas y la fachada del edificio, y están comprobando que funcionan. En un lateral de la plaza varias personas están montando un belén tamaño natural y, en el otro, están montando una caseta de madera bajo las órdenes de un par de personas.

Todos los vecinos están boquiabiertos. Nosotros incluidos.

—El único problema es que aún tardará un poco en estar listo. Está claro que vosotros manejáis mejor el tiempo.

Sole me guiña un ojo.

—No pasa nada. ¿Blanca? ¿Habéis podido terminar... en la casa? —Asiento. Ella sonríe—. Pues venga, vámonos a merendar.

Ángel consulta la hora.

—Ya casi cenar...

—*Mimimi.*

Mi amiga se pone a dar gritos en la plaza.

—¡Vecinos! ¡Merienda dulce en casa de Severino!

Vamos todos hacia allá, divididos por grupos. Cuando llegamos, Adolfina me dedica una mirada asesina.

—No sabía que iba a venir literalmente todo el pueblo. Podías haberme avisado.

—De eso nada. Que si te digo algo me dices que no.

—Obvio.

Se le escapa una sonrisa y a mí, otra. Para enterrar el hacha de guerra, ambas cogemos una galleta y las chocamos antes de darle un mordisco, como si fuera un brindis. Adolfina mira a todos los vecinos que esperan en la puerta a que alguien les invite a pasar.

—Anda, pasad. Voy a hacer chocolate para todos.

Ella se va escaleras abajo.

—¿Esto lo ha cocinado Dolfi? —pregunta

Ricardo.

–No –contesto–. He sido yo.

–Ya me parecía a mí que esa mujer no podía cocinar nada como esto.

Se echa a reír, yo le acompaño y me dejo mecer por los halagos que me dedican. Por fin, me siento en casa.

*** 

Con los estómagos llenos de dulce y chocolate y el corazón calentito, volvemos a la plaza que, por segunda vez en mi vida, al fin veo llena de luces de Navidad, color, música y olores nuevos. Mi madre desaparece por la puerta del ayuntamiento y los demás nos dedicamos a pasear alrededor del árbol, a observar el belén y, algunos, los que tienen mucho más espacio estomacal que yo, a comer castañas y barquillos que ofrecen las dos personas que se han instalado en la caseta de madera.

Al fin, mi madre reaparece en uno de los balcones del ayuntamiento, con un megáfono en la mano. Se ha puesto una túnica negra sobre el espantoso disfraz de elfo y lleva un pasamontañas colocado sobre la frente.

Ángel se me acerca, muerto de risa.

—¿Tu madre se está burlando de mí?

—Pues creo que sí.

—No sabía que esa mujer tenía sentido del humor.

—Yo tampoco.

Me coge la mano, desnuda y fría. Enreda sus dedos con los míos. Nos miramos a los ojos, en una de esas miradas nuestras que desbordan intensidad.

—Blanca, yo...

—¡Vecinos de Villa Albar! —grita mi madre, a través del megáfono— ¡Prestadme atención un momento!

Todos nos giramos hacia el balcón, desde donde está lanzando su extraño ¿pregón?

—Durante las pasadas noches he recibido la visita de dos espíritus.

—¿Cómo en el cuento de Dickens? —pregunta alguien cerca de mí.

—No —contesta otro—. Esos eran tres.

Ángel me aprieta la mano y me dedica una sonrisa juguetona. Ricardo se acerca a mí y es él quien contesta a los vecinos.

—Igual al tercero no le ha dado tiempo a

venir.

Mi madre vuelve a llamar nuestra atención.

—¡Soy el espíritu de la Navidad por venir!

—¿Estáis seguros de que no deberíamos llamar al psiquiátrico? —susurro.

—¡¡¡Sssshhhh!!!

—Estoy aquí para mostraros cómo serán las fiestas del futuro.

Saca una pequeña campana del bolsillo y la hace sonar junto al megáfono, lo que hace que el sonido nos rodee. En cuanto deja de retumbar, las puertas del ayuntamiento se abren y aparece, como anoche, el padre de Ángel y Sole vestido de Papá Noel, con el famoso saco lleno de regalos. Sólo que en esta ocasión se detiene en medio de la plaza, junto al árbol, y se dedica a repartir entre los niños del pueblo. Todos gritan y se ríen mientras corren a su alrededor.

En el balcón, mi madre se quita el pasamontañas.

—Como alcaldesa, como vecina y... como madre, os prometo que, de ahora en adelante, celebraré la Navidad en el fondo de mi corazón, y me esforzaré en conservar su culto.

–Lo último es de Dickens –matiza Sole, al lado de Ángel.

Contengo una lágrima de emoción. Al fin, en este pueblo, tendrán las fiestas que se merecen. Y mi madre las disfrutará con ellos.

La única que no estará aquí para verlo seré yo.

Para rematar el efecto, ella se quita la túnica y muestra su disfraz de elfo, lo que provoca una oleada de risas en la plaza.

–¡Viva la alcaldesa! –grita Ricardo.

–¡¡¡Viva!!!

Todos los vecinos aplauden al unísono y lanzan gritos al aire. Llevado por la emoción, Ángel me besa, y entonces se reparte la algarabía entre mi madre y nosotros. Muerta de vergüenza, cuando al fin nos separamos, hago una reverencia a lo *Love Actually* cuando pillan a los protas besándose en la función del cole.

–Quédate –me dice Ángel, de pronto, como si se le escapara la petición entre los labios–. Quedémonos.

–No seas tonto, chico –interviene Ricardo–. Si se queda no puede ser sólo por amor. Te lo estaría echando en cara de por vida.

–Tiene razón –pincha Sole.

Adolfina se acerca, curiosa.

–Pero sí que podría quedarse si alguien le da trabajo –continúa el dueño del bar–. Yo, por ejemplo.

Los tres nos giramos hacia él, que se encoge de hombros.

–No he atendido una mesa en mi vida.

–No necesito una camarera. Para los clientes que tengo, me basto y me sobro yo solo. Necesito una socia a la que encargarle los postres y que se encargue del catering de la casa de Severino –eleva la voz–. ¿A que sí, Dolfi?

Ella se vuelve.

–¿Mmmmpf?

–Comida en condiciones para la casa. Cómo lo ves.

–Negócialo con Severino.

–Eso está chupado.

Ricardo me guiña un ojo. Adolfina suspira, dando la batalla por perdida.

–Y ¿sabes qué más necesita este pueblo? –me pregunta Sole–. Una buena pastelería, una de esas cuquis, llena de *cupcakes* y pasteles de especias.

Es una locura. Este pueblo ni siquiera es muy turístico. Pero con los encargos de Ricardo, con lo de la casa y si tuviera mi propio negocio...

—Mientras montas el local puedes cocinar en mi bar.

Miro alrededor. De pronto me doy cuenta. He vuelto a casa y ocho pares de ojos me suplican que me quede.

El caso es que en Gijón nadie me espera. Hace días que no me acerco a la cámara. No tengo ilusión por irme al fin del mundo. Pero aquí... aquí las mariposas de una ilusión nueva me revolotean en el estómago, como copos de nieve traviesos.

—Está bien. Me quedo una temporada y vamos viendo.

Todos me abrazan a la vez. Ricardo le palmea un hombro a Ángel.

—¿Y qué vas a hacer tú?

—A mí me da igual quedarme sólo por amor.

Y me besa. Y los copos de nieve vuelven a bailar a nuestro alrededor.

# Epílogo
# El día de Navidad

La Nochebuena ha sido íntima y familiar, pero en el pueblo se respiraba amor. Sé que suena cursi, pero puedo jurar que ha sido así. Mi madre y yo, al fin, nos hemos sentado a la mesa con una cena especial, la tele apagada y un par de detalles que regalarnos la una a la otra. Le he hablado de mi último año. De mis planes de futuro. De Ángel.

En una especie de acuerdo tácito, todos los vecinos hemos bajado a la plaza, después de cenar cada uno en su casa, rodeados de nuestras familias. Hemos ido llegando para brindar, juntos, como si de una Nochevieja se tratara. Hemos repartido besos y abrazos. Hemos prometido vernos en un año. Yo le hice una videollamada a Eli para contarle que aquí, como en su casa, por fin hemos recuperado el espíritu navideño. Incluso he conseguido firmar una tregua con Jorge, mi ex, que se iba a primera hora de la mañana.

Y se nos ha ocurrido hacer una comida de navidad multitudinaria.

Ricardo ha ofrecido el bar para no estar a la intemperie porque, aunque hace ya días que ha dejado de nevar, aún hace mucho frío. Pero como no queríamos darle tanto trabajo, cada uno hemos traído una cosa. Por eso ahora estoy sentada en una mesa en la que hay desde tortilla hasta mis bombones caseros, pasando por una paella que ha traído Sole porque dice que algo tradicional de Valencia tenía que traerse.

—Aunque hay demasiada humedad como para que el arroz me quede suelto —matiza.

Mi madre preside la mesa y yo estoy cerca de ella, sentada entre Ángel y Sole. Enfrente tengo a Ricardo y a Adolfina que, pese a que ya tiene algún cliente más en la casa, ha decidido venir a celebrar con nosotros. A su lado está Severino.

—Así que eres tú la que ha llegado para poner el pueblo patas arriba.

—La de las ideas absurdas es esta —señalo a mi amiga.

—Asumo mi parte de responsabilidad. Pero he tenido buenos cómplices.

—Menudas noches que me habéis dado... —dice mi madre.

—Es cierto, pero tampoco lo sentimos mucho —Ángel recoge la pelota—. Están siendo unas fiestas divertidas, ¿eh?

—Uy, sí. Ah, y me alegro mucho de lo tuyo con mi hija. Que lo que ha unido Dickens, no lo separe una madre gruñona.

—Ay, mamá, gruñona, gruñona... tampoco. Un poco *Scrooge*... pues sí.

Todos nos reímos. Sole aprovecha el momento para darnos una noticia.

—Bueno, pues dado que estos dos —nos señala a su hermano y a mí— han decidido volver al pueblo, yo me vengo también.

—Otra que está de psiquiátrico.

—Y dale con el psiquiátrico. Que no. Que las

raíces tiran mucho. Y, bueno... he tenido enchufe.

Le guiña un ojo a Adolfina, que sonríe.

—Ha llegado la hora de jubilarme y nadie mejor que ella para cubrir mi plaza. No garantizamos que los críos del pueblo de al lado se conviertan en adultos con buenas ideas, pero, desde luego, se van a divertir un rato.

Mientras todos aplauden la buena nueva y hablan a gritos de lo maravilloso que es que todos hayamos vuelto a Villa Albar para continuar nuestra vida aquí, Ángel se inclina hacia mí.

—¿Crees que es demasiado pronto para decirte que estoy enamorado de ti?

—Creo que lo dices porque me he dejado liar por las locuras de tu hermana con demasiada facilidad.

—O porque, a pesar de que has crecido rodeada de tonos grises, has sabido mantener encendida la luz de tu interior.

—Qué poético.

Nos miramos como si no hubiera nadie más. Se inclina hacia mí para besarme, pero antes de que pueda hacerlo, yo también susurro contra su cuello.

–Creo que yo me he enamorado de tu capacidad para hacer que los demás vuelvan a creer en la magia.

Sole da golpecitos con la cucharilla contra la copa, interrumpiendo la intensidad que nos caracteriza.

–¡Por una Navidad de cuento!

–¡Y por todas las que están por venir! –completa mi madre.

Entonces sí, brindamos. Ángel y yo nos besamos, y los aplausos a nuestro alrededor se multiplican. Y es que este año, como en el cuento de Dickens, se ha encendido en nuestro interior la promesa de que nuestra *Scrooge* cumplirá con todo lo prometido. Que sabrá mantener el espíritu de la Navidad como nadie.

Y que... "*¡Ojalá se pueda decir lo mismo de nosotros, de todos nosotros!*"

# Agradecimientos

Esta vez voy a ser muy breve. Gracias, F., por ser la persona que más cree en mí. Y por *picarme* para escribir novelas navideñas por muchas veces que yo te diga que ya no me da tiempo. Eres mi motor para seguir cuando se me agotan las ganas.

Gracias a mi familia, por ser apoyo constante.

Gracias, *haters*, por haber aparecido en mi vida y entusiasmaros con todo. Por las risas. Y por el café.

Gracias, mosqueteras, por estar ahí para leerme.

Y gracias a todas las personas que habéis leído todas mis *novelettes* navideñas y me habéis pedido más. Que los espíritus de las Navidades pasadas, presentes y futuras os acompañen siempre.

# Índice